当急诊医生跑马拉松时，想些什么？

赵 斌◎著

北京科学技术出版社

图书在版编目（CIP）数据

当急诊医生跑马拉松时，想些什么？/ 赵斌著 . — 北京 : 北京科学技术出版社 , 2020.4
ISBN 978-7-5714-0586-1

Ⅰ . ①当… Ⅱ . ①赵… Ⅲ . ①随笔 – 作品集 – 中国 – 当代 Ⅳ . ① I267.1

中国版本图书馆 CIP 数据核字（2020）第 005201 号

当急诊医生跑马拉松时，想些什么？

作　　者：赵　斌
责任编辑：宋玉涛
责任校对：贾　荣
责任印制：李　茗
封面设计：异一设计
版式设计：天露霖
出 版 人：曾庆宇
出版发行：北京科学技术出版社
社　　址：北京西直门南大街16号
邮政编码：100035
电话传真：0086-10-66135495（总编室）
　　　　　　0086-10-66113227（发行部）　0086-10-66161952（发行部传真）
电子信箱：bjkj@bjkjpress.com
网　　址：www.bkydw.cn
经　　销：新华书店
印　　刷：北京宝隆世纪印刷有限公司
开　　本：720mm × 1000mm　1/16
印　　张：15
字　　数：220千字
版　　次：2020年4月第1版
印　　次：2020年4月第1次印刷
ISBN 978-7-5714-0586-1/I·941

定　　价：68.00 元

前 言
Preface

除了急诊医生这个公认身份，我还是一名跑者。

说到跑步，许多人想当然地认为这是人人都会的技能，不足为奇。我以前也是这么想的，可渐渐发现，跑步这件随时随地都能做的事，在现代日常生活中却少有人做，跑步这个习惯早被像我这样的成人打进了"冷宫"。除非应急，很少有人能在工作或生活中跑上两三步。

一件偶然的事情激发了我跑步的兴趣。2006年，我46岁，报名参加了医院举办的运动会，本来想跑100米，没想到跑到一半时，用上吃奶的劲都跑不动了。这让我开始反省：46岁应该还算是年富力强，医生这个工作虽然用脑多一些，但也不是不需要体力，抢救病人，黑白无休的倒班，遇上危重病人加班加点也是常事，这些都需要足够的体力来支撑。再想想自己的身体状况，参加工作后体重涨了20多千克，肚子鼓起来了，脂肪肝出现了，血脂、尿酸也高了。医生这个职业就是救死扶伤、保证别人的健康，如果最后连医生自己都不健康了，这岂不是一种讽刺？

从2006年开始，我把跑步列为了工作和生活之外的一项不可缺少的活动。从400米起步，一直跑到42.195千米的马拉松。当然，跑步的过程远远没有我写起来这么轻松。短短一个句子的描述，却是13年里不间断的坚持。有痛苦、有挣扎，但最难的还是坚持。

我一边咬着牙跑，一边关注其他跑者的经历，希望能从别人身上获得一些激励，给自己继续跑下去的勇气。开始跑步后，我读的第一本书就是知名作家，也是一位跑者——村上春树写的《当我谈跑步时，我谈些什么》，读完此书如同醍醐灌顶一般。没想到在医学专业书之外，还有很多其他图书可以给人以知识的养分，可以让我从另一个角度看待所从事的医生这个职业。之后便一发而不可收，书成了我的良师益友，不仅是关于跑步的书，哲学书、经典随笔、医学书、文学书都成了我汲取营养的土壤。

跑步和读书不知不觉中让我发生了很多变化。来到病人身边的时候，我发现自己不再像以往那样刻板地只关注疾病本身，而是把病人当作一位有血有肉、有思想的人来看。我感觉自己变了，变得有思想、有感情、有自己的观点了，不再机械和盲从。

急诊科的情况瞬息万变，痛苦、死亡，这些对病人和家属来说都是噩耗。急诊科医生在疾病面前不是常胜将军，在死神面前也经常一筹莫展，所以急诊科医生在看病之外，还要有更大的智慧，更人性的关爱，更多的对生生死死的深刻反思。

跑步让我脱离之前对人生狭窄的思考，把我带入一个更广阔、多视角、多维度的天地，让我理解活着的意义、病人的疾苦、生命的内涵。2014年起，我把跑步、临床工作、读书、人生的思考以随笔的方式记录下来。只要是能触动自己的事，就有迫不及待思考的欲望，就有马上写下来的动机。与跑步一样，写随笔也成了我生活中一种不可或缺的习惯。写得多了，受朋友们的鼓励，我决定集结成册。

　　本书按撰写顺序排列，其中有跑步感悟，记述跑步中的苦与乐，跑步给我的身体带来的益处和对我心灵的洗礼；有急诊心路，正是通过跑步的苦与乐，开启了我的人生思考，让我既看到病人的痛苦，也意识到健康人生的价值，人活着不是为了长命百岁，而是为了健健康康、快快乐乐地体验享受美好生活的点点滴滴，医生在这一点上的价值举足轻重；还有人生反思，记录了我在跑步、读书过程中对人生的种种不同的反思，无论是否恰当，都是自己的真情流露。

　　作为一名急诊科医生，无法苛求自己在文学上有多大造诣。一直以来坚持用文字记录自己的经历，还有胆量把它们公布于众，除了我自己小小的努力，更多的是来自家人、朋友和同行的鼓励。在这里我要感谢我的爱人，是她负担起全部家务，让我把工作之外的大部分时间花在了跑步和写作上；我还要感谢渔歌医疗的文字编辑麦子，每篇随笔她都是第一个审稿人，给我指出错字、病句。不管这本书会得到读者什么样的评论，我都会诚心地照单全收，因为任何善意的建议，对我而言，都是学习和提高的机会，更是自己下一步的前进目标。

　　本以为这本书在2020年年初就能顺利出版了。不曾想2019年年末一场突如其来的新冠肺炎疫情，让很多工作暂停。作为急诊医生的我，像当年"非典"时期一样，又一次负责了发热门诊。

　　跑步给了我健康的体魄，读书让我有了更宽广的胸怀，职业促使我对疫情有了更理性的思考。相比2003年，我对疫情长了一分知识，多了一分成熟，添了一分自信。相信疫情很快就会被控制。而云开雾散、春暖花开之时，也是我这本书与读者见面之日。

赵刚

2020年2月13日

目　录
contents

运动锻炼给我带来的感悟

2014年9月7日

　　运动有益健康，大多数人都认同，但也有人不认同，甚至还能找出很多反驳的理由。

　　认同的人中也有些认为运动太枯燥，耽误时间，不肯花时间在运动上。不认同的人把那些在运动场上或在马拉松途中猝死的原因简单地归结于运动。他们认为是经常运动让这些人过早地离开了人世。还有些不认同的人认为，人的关节或心脏一生中所能承受的活动量是一定的，经常运动无疑加速了关节和心脏的老化。

　　作为一名把运动锻炼当成生活的一部分，同时还具有专业医疗知识的医生，我认为运动不但有益于躯体的健康，还有益于心理的健康，同时也能培养我们的意志力。

　　我40多岁时，参加了医院组织的一场运动会。我报名参加了100米的短跑比赛。比赛途中，别说要求速度了，就是坚持跑下来都觉得很费劲。在这之前，我自认为身体素质还算不错，因为我正当壮年，学生时代也是一个比较喜欢运动的人。但在跑完100米后，我感觉全身酸痛，然后休息了好几天才缓过来。我非常不能接受这种感觉，就像我们不能接受自己成为一个病人一样。

　　正好我家就住在一个大学体育场附近，这个体育场曾经在医院运动会时被用作比赛场地。从那次运动会后，确切地说是2006年，我在这里开始了有规律的运动。

从那以后，每当下了班，我就立刻回到家换上运动衣，来到体育场。万事开头难，起初在体育场跑一圈（400米）都很费劲。看到周围锻炼的人可以轻松地跑上好几圈，我很是羡慕。我骨子里的那股不服输的劲头告诉我，只要我坚持锻炼，假以时日，我也可以像他们一样。我清楚地知道，想要做好任何一件事情都是不容易的，心里便做好了打持久战的准备。

日复一日，月复一月，不管是炎热的夏天，还是冰雪覆盖操场的冬天，只要体育场开门，我都会坚持锻炼。

渐渐地，我能很轻松地跑完1圈，2圈，3圈……一直到现在的10圈。因为时间的关系，加上自己的年龄和身体状况，我没有继续增加自己跑的圈数。我给自己制订了一个跑步计划：每天跑10圈，一共4000米，在20~22分钟内完成。

我很好地执行了我的计划。除了实在脱不开身的几天，不管是寒冬还是酷暑，不管是晴天还是下雨，我都没有偷懒，每天都一丝不苟地在计划的时间内跑完全程。

后来，除了跑步，我还循序渐进地做一些室外的器械锻炼。

记得我上学的时候，身体比较瘦弱，被人取了个外号叫"冰棍"，参加工作后，身体没有那么瘦弱了，但又有了肚腩。我看着镜子中的自己，别说腹肌了，就是胸大肌也没见过。

这几年，伴随着规律的运动，突然有一天，我不经意地发现自己的胸部有了肌肉，再看看背部、上肢，都出现了肌肉的轮廓。虽然腹肌的轮廓还是不明显，但我已经很满意了。在这之前，我可从没想过，有一天，我也可以在镜子面前偷偷地秀一秀自己的肌肉。

慢慢地，运动让我有了一个比较好的身体状况。我很少感冒，吃过的药物非常少，没输过液、打过针，更没有住过医院，也没有因为身体不舒服请过假。

看到这里，有人可能会认为我的工作比较清闲，有充裕的时间锻炼身体，工作压力也不大，所以很少生病。很实在地告诉大家，我是一名急诊科医生。大家都知道，在我们国家，急诊科医生承受了相当繁重的医疗工作。我们每天的工作，就是透支大量的精力与体力，和死神赛跑，把危重症患者从死神手中夺回来。

除了医疗工作，我还带着研究生，指导他们做一些临床和科研工作，有时还要到基层医院讲课和查房。如果用"忙得飞起来"来形容我的工作状态属于夸张的修辞手法的话，那么，用"忙得连口水都来不及喝"来形容是比较贴切的。总之我想告诉大家的是，我的工作量跟"时间充裕"这个词是不沾边的。

有人会问我，你这么忙，会不会因为运动而耽误工作呢？我的回答是，恰恰相反，运动使我有了充沛的体力和良好的身体素质，这让我在超负荷工作的时候，能够有更快的反应速度和更清晰敏锐的头脑。当别人已经疲惫不堪的时候，我可以继续战斗。

锻炼已成为我生活的一部分，我每天的日程是：工作、吃饭、睡觉、锻炼。

有时在工作中或者和朋友聊天时，总能听到大家抱怨没有时间运动。但从我个人的经历来看，这只是一个托词。实际上，每次运动只要一小时就足够了，每周能坚持3~4天也就可以了。而且运动形式因人而异，可以跑步、可以快走、可以游泳等，怎么方便怎么来。但即使这样，真正能坚持运动的人还是不多。人们总会以各种理由作为他们不运动的借口。

许多人都认为自己的身体没问题，不用锻炼，要把自己的时间投入到能够带来快乐的地方。所以，年轻人把时间给了夜生活和睡懒觉；年岁大的人把时间给了电视；而那些年富力强、为事业打拼的中年人，则把更多的时间给了生意场上的应酬。

而我想告诉大家，通过运动，我们也能感受到快乐。运动不仅仅提高了我们的肺活量，使得我们有较强的心脏储备功能，运动还可以减少钙的流失，延缓骨质疏松的发生等，同时它还能愉悦我们的心情，增强我们的自信，培养我们做事持之以恒的信念，让我们感受到成功的喜悦。

为什么说运动能愉悦我们的心情？经常运动的人都知道，在锻炼的时候，思想是最单纯的。运动会让我们暂时忘掉工作中的紧张和烦恼，全心全意地想着关于运动的事情。比如如何完成今天的运动量？今天的运动量较之前比是否合适？特别是在成功完成了运动之后，如雨般的汗水会把工作一天产生的疲劳洗刷得一干二净。

不间断的运动锻炼，会使我们逐渐适应初始运动带来的身体不适。随着锻炼次数的增加，当初才跑出100米就酸痛不已的肌肉，开始变得不那么痛了；刚开始出发就砰砰砰地恨不得跳出胸腔的心脏，跳动频率也慢慢地下降了。同时发生改变的是，不管选择的是跑步还是游泳，距离都在一天天延长，举起杠铃的重量也在一天天变量。

看到这些进步，我们还会像当初那样质疑自己跑不动、游不远、举不起来吗？运动给你带来的，是成功后的喜悦和自信。久而久之，你就会不忍心看着你这些得之不易的锻炼成果前功尽弃，而是决定让它们永远伴随自己。这样，运动就成了你生活中不可替代的一部分。每当你工作、吃饭、睡觉的时候，你也会想到今天的运动。

我认为，人之所以生病，有三种可能性。第一种可能是先天基因所决定的。父母有高血压或糖尿病，他们的子女很可能会遗传这些病。第二种可能是自己抽烟喝酒，生活不规律，属于自找，比如酒精性肝病。第三种可能是平素身体健康，但因为工作过劳导致的疾病，比如急性心肌梗死。不管是上述哪种情况导致的疾病，我认为，养成良好的生活习惯以及进行有规律的运动锻炼，大部分情况下，我们就可以避免一些疾病、与疾病和平共处、治愈一些疾病。

按照对运动锻炼的态度，我把人分成三类。

第一类是激情冲动型。这类人多是因为周围熟悉的朋友或家人得了重病突然离去，或者自己刚刚大病初愈，他们被所看到的或经历的事情吓了一大跳。自己对健康这个概念并没有深入的思考，只是心血来潮地配备了各种锻炼器具，制订了详细的锻炼计划，报了各种健身班。初期，他们也确实进行了一些运动锻炼，但时间一长，随着当初锻炼热情的渐渐减退，运动锻炼就会戛然而止。

第二类是冷静规律型。这类人认识到运动锻炼对健康有益，自己也能从运动锻炼中享受到其中的快乐，会根据自己的自身条件安排好锻炼的项目，有规律地坚持下去。

第三类是排斥固执型。这类人排斥一切运动锻炼，他们不认为运动锻炼会给身体带来好处，反而认为运动锻炼是浪费时间。这些人有自己的固有想法，认为人体的器官一生中所能承受的活动量是一定的，经常运动会加速这些器官的老化。这类人很难被说服。

我想用自己的经历来反驳第三类人。9年来，我一直保持体育锻炼，既增强了我的体质，同时也改变了我的精神面貌。我并没有因为把一部分时间花在运动上而耽误了自己正常的工作，也没有因为经常性的运动而感觉心脏或关节出现了什么问题。

2014年9月6日，我又参加了医院组织的运动会，这次我参加了200米短跑比赛，跑完全程是34秒。尽管已经50多岁，但与9年前的自己相比，我的短跑成绩没有退步。正是坚持运动让我保持了这个成绩，这也证明我的健康状况没有出现下滑。经常性的体育锻炼是否与长寿有关我不知道，我运动的目的也不完全是想活得更长，因为决定人类寿命的影响因素很多，运动只是一个很小的因素。但有一点是肯定的，经常运动可以使人们的各项生理指标保持正常，这样人们就可以在无疾病状态下或者在疾病稳定的状态下生活和工作。从这个角度看，坚持运动的人的生活质量要远远好于那些正被疾病折磨的病人。

人不是为了活着而活着，人活着要有尊严，人活着要有质量。而得到这些的前提，就是要有一个健康的身体。我们平时除了要对身体小心呵护、细心保养，还要经常运动。

这是我第一次站在一个医生的角度，谈自己9年来运动锻炼的经历和感悟，希望对那些还没有开始运动，或正在计划要运动的朋友有所帮助。

不要因为天气原因就不去运动

2014年10月1日

　　前几天在微信平台发了一篇文章——《运动锻炼给我带来的感悟》，与许多熟悉的和不熟悉的朋友们分享了自己对运动锻炼的一些不成熟的体会，大多数人对文章里谈到的内容是认同的。

　　这种认同我推测有两个原因：一个原因是部分朋友本身就是长期坚持运动锻炼的人，他们很容易理解运动锻炼给他们的身心带来的益处；另一个原因是一部分朋友对我9年来坚持规律锻炼所表现出来的耐心给予的一种认可。我承认，把运动锻炼培养成一种习惯，并不是一件容易的事。虽然大多数朋友都知道，运动锻炼肯定对身体健康有帮助，但很多时候大家都会找出各种理由，放弃运动锻炼。天气不好是大家最容易找到的借口。

　　今年国庆节，北京本应该像往年一样，秋高气爽、天高云淡，大家纷纷趁着这难得的假期外出游玩、运动，但天公不作美，整个假期都下着小雨，温度也比较低。这种天气适合宅在家里，看看电视、喝喝茶，与家人或朋友聊聊天，温馨又舒适。户外锻炼？那是自找苦吃的人才会做的选择。

　　由于已养成习惯，我还是义无反顾地选择了去锻炼。到了体育场，和我想象的一样，往常热闹异常的体育场变得冷冷清清：沙坑前玩耍的孩子不见了；在空场地打太极的老人也没来；年轻的大学生往常是体育场的主角，这时也不知去了哪里；甚至往日整个体育场最繁忙的地带——足球场，今天也只来了3个人，由于缺人手，比赛组织不起来，他们只能练习射门；跑道上也只有两个年轻人在跑步。偌大的体育场空荡荡的，成了少数几个人的包场。是因为休假，还是因为天气不太好，让大家远离运动锻炼呢？可能天气的原因占更大的比重吧。以前也是如此，一到天气不太好的时候，体育场就会变得安安静静。

跑步之前，我像往常一样做了一些简单的拉伸运动。雨不大，雨滴间隔好长时间才会打在身上。空气很新鲜，我不时地做着深呼吸，享受着大自然带来的绵绵细雨和清新空气，这是在房间里感受不到的。做完准备活动，迎着不时打来的温柔的雨滴，我一个人静静地在塑胶跑道上跑着。微微的小风轻轻擦去了流下来的汗水，耳机里乌兰托娅的草原歌曲让我有了驰骋在宽阔草场的错觉。

此时此刻，我已经感觉不到心跳加快和呼吸急促。我全身心地沉浸在跑步中，忽略了周边的一切。上天太眷顾我了，给了我偌大的一个体育场，还有和风细雨，让我抛开一切尘世杂念，全心全意享受着运动的快乐。

9年多规律的户外运动，我经常会因天气的变化而改变运动计划，比如酷暑、严寒，或者下雪、下雨、刮大风等。但只要不是极端天气，都可以通过调整运动量和运动形式，坚持户外锻炼。刮风的时候可以进行器械锻炼，下雨的时候可以跑跑步，夏天太热的时候就减减运动量。

一年四季，天气变化是非常常见的，大家的工作都比较繁忙，只能抽出有限的时间去锻炼。如果再经常因为天气的小小变化而放弃锻炼，就很难把运动培养成一种习惯，当然就更不能享受到运动带来的乐趣，也体验不到与大自然在一起其乐无穷的美好境界了。

　　有时候难以理解有些朋友对于天气的态度。雨不大，阳光也不是太强烈，本应是享受大自然带给我们快乐的时候，但他们总喜欢把雨伞或遮阳伞打起来，或者躲在房间里。在他们看来，这样就算"坏"天气了。

　　外出的时候，除了手机、钱包，雨伞或遮阳伞经常是一些朋友必备的用具。中国人喜欢打伞是出了名的。在国外你会发现，在阳光明媚和小雨淅沥的天气里打伞的多数是我们的同胞。本应与大自然互动，我们却用各种方式把自己与自然隔绝起来。

　　我个人认为这是一个误区，轻柔的细雨和温暖的阳光是大自然送给人类最好的礼物：雨水带走了尘埃，净化了空气；阳光能促进人体对钙的吸收。为什么不尽情地享受大自然带给我们的恩赐，反而刻意地排斥它们？有人会说雨水会弄脏衣服，阳光会晒黑皮肤，但一个健康的身体不比这些更重要吗？

　　朋友们，让我们迎着绵绵的细雨、明亮的阳光运动起来吧！

生命与健康

2014年12月31日

今天是2014年的最后一天，大家都忙着用微信互祝新年快乐，预祝2015年一切顺利，身体健康。

我的老同学——渔歌医疗总裁陈卫党从美国发来微信，让我再写点什么，比如2014年经历的事或感悟。尽管之前写过关于运动与健康的文章，可我并不擅长专业内容之外的写作，但回想这一年的经历，还是想和大家分享一些事情。

2014年，我们医院在回龙观，又建了一所分院，现在已经开业了。这里离北京中心城区挺远，但人口不少，有40多万。除了一小部分本区居民外，大部分都是中心城区拆迁搬过去的，还有就是外来务工人员，因为这里的房价比中心城区要便宜。

这里离中心城区远，附近只有我们这一家三甲医院，所以医院一开业，就吸引了不少当地居民来看病，急诊科自然也是每天要接诊大量病人。急危重病人来看急诊是很正常的事，特别是那些年老体弱、集多种疾病于一身的病人。

除此之外，一年下来，我发现那些年纪不是很大，既往身体状况还可以的青年或中年人，突然发病，在家里或在来医院的路上，或刚到医院，生命体征就没了——也就是我们常说的猝死，这类人的数量明显高于我们之前新街口院区的急诊科。

据我观察，多数猝死的病人都是外来务工人员，这些人中，有些以前从来没有查过体或到医院看过病，有些在原籍已经知道患有慢性病，如高血压、肝病等，但到了这里既不治疗也不吃药，这部分人从事的都是一些较重的体力劳动，居住条件不太好。

一个从事橱柜安装的35岁的小伙子，近期接了不少活，每天劳动强度都很大。既往在原籍曾诊断为肝病，未治疗。一天晚上工作回家，他突然跌倒在房里，口吐大量鲜血，送到医院时已经测不出血压，整个人也神志不清，最后没有抢救过来。

一个50岁的中年人，下班后跟老乡喝了2瓶啤酒，回家后突然晕迷，等急救车到现场，呼吸和心跳都没有了。

还有30岁肝癌动脉破裂大出血，28岁大面积脑梗死、失语偏瘫，这些人虽然命暂时保住了，但日后的生活质量也不容乐观。

生命对任何人来讲只有一次，关注健康就是关注生命。对健康知识的普及，我们做得还很不到位，特别是许多进城打工的农民兄弟，他们认为自己年轻，能干体力活，能吃，身体就没问题。

身体是需要呵护的，你对它好，它就给你健康的回报；你透支它，它就会轻则让你产生不适感，重则可能突发疾病，甚至让你失去生命。机器都需要定期检查和维护，更何况人的身体呢！

许多人因为所谓的"忙"，而无暇对维系自己生命的身体进行检查和维护；有些人不舍得花钱到医院，去看一看自己身体的"部件"是否有问题，直到生命受到威胁的时候，才想起去医院，最后落得人财两空。

生命有时非常顽强，但更多的时候非常脆弱。要想拥有一个健康的身体，我们就应该时时把我们的身体放在心上，在抽烟的时候，在大量喝酒的时候，在超负荷工作的时候，在发脾气的时候，要想想身体能否承受得住。偶尔放纵一次，身体或许还能承受，但时间长了、次数多了，身体就可能彻底垮掉，前面举的例子中的情况就同样会发生在你身上。

除了尽量不伤害我们的身体外，我们还应该主动地去维护它——平常养成经常锻炼的习惯。一旦体会到锻炼的益处，你就会对锻炼产生兴趣，有了兴趣，你就会把锻炼当成习惯。就像吃饭、睡觉一样，锻炼也成了你生活中不可缺少的一部分。

新年的钟声已经敲响，我们已经步入2015年，在新的一年，首先祝大家身体健康！不要到医院才谈健康，不要在病房里再谈健康，这些都为时晚矣。谈健康最好的场所，应该是我们日常生活和经常锻炼的地方。

关注疾病，就要关注饮食

2015年3月14日

在急诊接诊病人时，无论他（她）因为什么不适来就诊，问每一位病人的吃喝情况，永远是我不可绕开的话题。病人意识清楚，就问病人本人，病人意识不清楚，就问病人的家属或护工。每天三顿饭吃了没有？吃的什么？吃了多少？吃后有什么反应？水喝了多少？是白水？饮料？茶？还是咖啡？

从我个人的从医经验来看，除了暂时需要减少饮食和禁食的病，如糖尿病、急性胰腺炎、消化道大出血等，对于其他大多数疾病，不管年龄如何，病人饮食状况的好与坏，直接决定了该疾病预后的好与坏。所以我经常会对病人说：只要你吃饭没有问题，这病就好治了一半，对你的疾病恢复，我就很有信心。

记得小时候，家里生活不是很富裕，只有到了生病的时候，姨妈才会给我做一碗热腾腾的面条，里面再放一个煮鸡蛋。姨妈边把面条端在我面前，边说：把它吃下去，吃下去病就好了。一个大字不识的姨妈并不会治病，但她却知道这样一个道理，吃饭好对一个人疾病康复是很有帮助的。所以民谚说，人是铁饭是钢，更文雅一点的说法就是，民以食为天。

当今医学的发展，使得各种生物制品犹如雨后春笋般地冒了出来，各种医疗技能日趋成熟。现在的医疗水平早已远远超过了多年前，这对病人来说是天大的好事。但

有时对现代医疗的过度依赖，使得我们许多医生忽视了病人赖以生存之本——饮食。

经常看到临床医生查房时，对病人的饮食状况不是很关注，匆匆一句话：吃了吗? 病人回答：吃了。就此这个话题就结束了。有时对一些需要限制饮食的病人，我们查房也是一句话：要少吃少喝。病人回答：知道了。等再去看病人时，发现病人口唇干裂，尿色发深，精神状况也大不如从前。就会问病人：吃了多少，喝了多少。病人就会说：查房医生让我少吃少喝，但我也不知道多少算少，就只能尽量不吃不喝了。

由此可以看出，在管理病人时，现在的医生对饮食关注存在很大的欠缺。他们可能不了解一个健康合理的饮食对疾病康复的重要性；可能不了解通过病人的饮食状况，就可以了解疾病的发展和预后；可能不了解在以前，特别是在现代医学还没有这么发达的时候，饮食治疗是除了心理安慰之外，我们的前辈最重要的法宝。治疗疾病，始终要把病人作为一个整体来看，观察饮食和精神状况都是我们衡量病人整体情况的非常重要手段。

很早以前，传染病和营养不良是严重影响当时人类健康状况的两种最主要疾病，所以食疗就成为最普遍的治疗手段。虽然食疗知识仅局限于以经验为依据，但对于希波克拉底学派的医师来说，当时的药物疗法相比规定的饮食疗法，重要性要小得多，药物疗法更多的是被用作对食疗的一种辅助手段。百年之前生物医学还没有得到发展，但通过食疗，使肺结核病人、恶性贫血病人和严重营养不良的患儿得到了及时的救治。

现代物理和化学的进步，促进了生物医学和药理学的发展，但从食疗到药物疗法的转变是逐步的，营养包括于饮食（蔬菜、肉类和矿物质）之中，而药物也是包括于这些同样的原料之中。

想要将食物和药物完全区分开是不可能的。今天不可能，将来永远不可能。

人是大自然的产物，人的进化是受到大自然的影响和制约的，大自然为人类创造出来的食物正是人类得以进化和繁衍不可或缺的。人在疾病状况下，更需要得到这种来自大自然的食物的补充。

在19世纪之前，医学强调的是健康，而不是现在我们推崇的各种检查的"正常"，它关注的是人的活力、柔韧性和运动能力等在生病时丧失的程度，医学的任务就是恢复它们。

所以，那时的医疗实践非常重视养生法和饮食规律，也就是任何人都应该遵守的一整套的生活准则和营养准则。了解了医学和健康的这种特殊关系，也就意味着我们每一个人都有可能成为自己的医生。

被高科技武装的现在的医生们，在关注你的病人局部躯体病的时候，在关注你手里各种生物制品和现代医疗技术手段的时候，请不要弱化饮食对疾病影响的重要性。

这样，就需要在医生每天查房的时候，在病人面前，多停留一会，详细地问问他（她）的饮食情况。短短的几句话，可以帮助你了解病人的预后，为你下一步的治疗提供思路。

记住，关注疾病，就要关注病人的饮食。

读读 "智慧书"

2015年3月31日

　　有人说，千百年来，人类思想史上具有永恒价值的处世智慧的三本书，一是尼科洛·马基雅维利写的《君主论》，二是孙武写的《孙子兵法》，三是巴尔塔沙·葛拉西安写的《智慧书》。

　　由于才疏学浅，读书有限，我不能分辨这三本书是否具有这样的高度，而且前两本书我也没有细读过，只感觉《君主论》是写给政治家的，《孙子兵法》是让军事家看的。

　　只有《智慧书》（有人又译为《人性需要揭穿》），是适合大众读者的。特别是对我这种学识一般的人，读后还是有不少收获的。

　　我常常反思，为什么百年之前的人能静下心来，深刻感悟人生，提出机锋、张力、简明、微妙，实即明智的生活要则；而现代人也经历了诸多喜怒哀乐，也懂得了生活的艰难、不易、曲折，也明白要珍惜，也在努力追求幸福，却很少有人能写出这样的生活要则，让人眼前一亮，让人有信心按照其要则，思考自己的人生。

　　我们现在正经历着一个缺乏深刻思想内涵的年代，人心浮躁，急功近利，不勤于思考，唯利是图，不注重小节，自我意识过强，欲望永无止境且无法克制，导致生活中的我们，彼此没有信任感，你怀疑我，我怀疑你；你忌妒我，我忌妒你……这使得本来就不易的人生变得更加艰难。

人的本性都有善的一面和恶的一面，如果生活、机遇和环境等推动了其中一面的发展，人性就会表现出善的一面为主或恶的一面多一些。鉴于此，我们应该抽出一点时间，读一读《智慧书》，重新思考应该怎样做人、如何做一个有智慧的人，唤起我们对生活的激情，努力营造人与人之间和谐相处的氛围。

我以前不喜欢看书，尤其不喜欢看与医学无关的书。上大学的时候，下了晚自习，好多同学都拿出各种课外读物，挑灯夜读，唯有我，又把白天的读书笔记再看一遍。我自认为这样可以把专业课学得更扎实，但最后考试的成绩还是落后于读了许多课外读物的同学。当同学们谈经说典的时候，我一脸茫然，什么也不知道。由于读书有限，缺少人生智慧，生活目标不明确，一路走来都磕磕绊绊。

我每天在工作中都要与人打交道，有健康人，有病人。由于看的书范围过窄，无论是知识面、解决问题的能力，还是做人的涵养都不够高。除了会治疗一些疾病，我真的给不了病人其他的帮助。

由此看来，缺少内涵、缺少智慧确实是挺可悲的。做好医生这个职业，既要有技术，又要有智慧；既要慎重，又要果断；既要善良，又要包容。理想的医生，应该是身上优秀的品质越多越好。想提高自己，只有一条路——不断读书学习。

"如果人的悟性与不良的心术结合，不是良缘，而是蛮横的强奸。美德是至善的链条，是一切快乐和幸福的中心。它能使人谨慎、明辨、机敏、通达、明智、勇敢、慎重、诚实、快乐、可敬、真实……总而言之，使你成为一个功德圆满的人。"做人第一条，要有一颗善良的心。想要做医生，不管你智商多高、能力多强，第一条就是：要有仁爱之心。

"凡事皆有两面性，如果你抓的是刀刃，那么再好的东西也会伤害你；如果抓住刀柄，最有害的东西也能保护你。"在临床工作中，许多医疗实践都是一把双刃剑，如激素在治疗疾病时，经常需要医生去权衡它的利与弊，用好它，疾病就会得到控制，甚至治愈；如果用不好，不仅会使原有的疾病进展、恶化，还会造成更多伤害。

"蠢人和智者所做的事可能都是一样的，但结果往往不同，其差别就在于'何时做'。前者失时，后者适时。"在看病时，多数疾病有着明确的发生、发展规律，找到了时间规律，我们就可以准确诊断疾病；运用好时间规律，我们就可以成功治疗疾病。

"有两种人善于预见潜在的危险：一种是吃一堑长一智的人，一种是接受他人失败教训的人。"临床工作经常有许多不确定性，没有任何一位医生，在自己的临床生涯中从不失败，即使是医学大家。碰到困难、遇到失败，在医学这门不是纯科学的领域里，是一件很正常的事。但在这个人命攸关的行业里，不允许同一个错误一而再、再而三地出现。学会总结，吸取教训，是一位聪明医生的做法。

"如果你所知不多，那么就力求坚持有把握的事。无论如何，稳当比故弄玄虚要好得多。"看病不是修机器，生命对谁都只有一次，任何一次生命的救治都要全力以赴，力争成功，不能有半点马虎。

"有时拒绝比许诺更为宝贵，装饰得当的'不'字，比轻率的'好'字得人心。故步自封和难以接近，是缺乏自知之明的人的恶癖之一，也是任性者的恶习。"对于病人要学会说"不"、敢于说"不"，不要认为这会掉了我们的身价，相反，这会让病人觉得我们是诚实可靠的。要知道，在这个世界上，我们认识不到的、不会的东西很多，本来医学就是在反反复复的失败中前进的。

"说话的艺术，是衡量人真实品性的一把尺子。没有一种人类活动像说话一样需要如此谨慎小心，因为没有一种活动比说话更频繁、更普遍，甚至我们的成败输赢都取决于此。"医学是研究人的科学，与病人交流沟通，是除了药物和手术刀之外最重要的医疗手段。在医疗技术还没有发展到今天这样先进的古代医学时期，医生赖以治病的最主要方法，就是来到病人的病榻前，抚摸着病人与之交谈。说话是一门艺术，是与人沟通的桥梁，医生学会与病人说话可以达到医学的最高境界（疗愈身心）。

"要与有原则的人为善，博得他们的好感。这些人心怀坦荡，即使与你对立，也会公正地对待你，因为他们言如其心、行如其人，光明磊落。所以，宁与心术高尚的人一争高下，也不要试图去征服那些内心险恶的人。"凡是有人群的地方，都有左、中、右，医学界也不例外。积极向上的医学争鸣，将有助于医学科学的发展，而为了个人的私利拉帮结派、弄虚作假，阻碍医学发展的人，是为这个行业所不齿的。医学的进步依赖于不带偏见、科学公正的百家之言。

"身体保持呼吸就可以了，但精神上要永远有所追求。即使是智者也应该经常学习各种新事物，来喂养自己的好奇心。希望赋予我们生命，饱食幸福则可能致命。"好好学习，天天向上，是这个时代赋予每位医生的使命。医学发展日新月异，与大自然的博弈，与疾病的斗争，时时刻刻都在让我们思考。停止了对新鲜事物的兴趣，停止了继续学习，医学就会止步不前，医者的生命就会戛然而止。

"使生活愉悦的方法是多学多识，美妙人生第一课是与古人谈心。我们出生于世，是来知人知己的，书本忠实不欺，使我们能长大成人。第二课是与人交流。仔细地观察世界上种种美事。世上事物并不都在同一个地方，有时造化之神会将财富赏给他最丑的女儿。第三课在你自身。以哲学家的世界观处世，是人生至乐。"除了工作，你难道不想使自己的人生更多姿多彩吗？只有读书才能让我们更有思想和内涵，才能使我们内心更加充实，才能使我们的晚年生活不感寂寞，才能让我们在人生终止的时候没有遗憾。活到老，学到老，不应成为一句空话。

做医生要注意细节

2015年4月17日

人们常说细节决定成败，但很多时候，细节这个词只是停留在嘴上，在行动上有时对细节真的注意不够。

一次在云南的某个机场等机回京，在一家柜台看到了一个黄龙玉的手把件，雕工不错，我就随便问了一下售货员，价格多少，她说3000元。一听这价格，感觉太贵，就没有了要买的意思。售货员很快就把价格降到了一半，我说还是贵，售货员马上问：1000元行不行？我说500元，售货员说咱们折中一下，600元。

一个3000元的雕工挺不错的手把件，不到20分钟变成了600元，我觉得还是挺划算的，骨子里爱占小便宜的劣根性也冒了出来。这时机场广播开始让乘客登机了，售货员也催着我买下它，我一狠心掏出了600元，做成了这笔买卖。

回到家，心情不错，我细细地把玩着这件"战利品"，同时仔细欣赏它的雕工。看着看着，突然发现有一部分图案有点不对劲，再仔细一看，发现这部分被摔过了，已经不是一幅完整的图案了。之前感觉挺不错的一件工艺品，在我眼里一下变成一文不值了。这就是只注重整体而忽视了细节，随之带来的苦果，只能自己咽下去了。

当然我这只是一个小例子，损失只有600元。实际生活中忽视了细节，酿成重大苦果的事情还很多。最近在德国之翼航空公司发生的一起空难，导致150人死亡，就是由于飞行员精神状况不稳定而引发的。事发后，对这位飞行员的一些行为进行分析，发现之前他就已经存在了不适合飞行的蛛丝马迹。他会跟女朋友说："有一天会干些翻天覆地的事，让每个人都知道并记住我的名字"。他总是噩梦缠身，夜里会突然醒来并尖声喊着"我们在坠落"，但这些细节没有引起外人的重视。所以对人命关天的行业，细节的把控显得尤为重要。

医生就是与生死打交道的职业，如果疏忽了对细节的关注，小则会让病人对就医过程不满意，大则会导致医疗过失的发生。

举两个例子。当我们正在给病人看病的时候，手机响了，不跟病人打声招呼，让他等一下，就直接接起了电话，这会让病人感觉对他不尊重。一个开腹手术做完了，忘了清点纱布的数量，导致纱布残留在腹腔中，最后引起感染，需要进行二次开腹手术，给病人带来不必要的痛苦。

临床类似的例子还可以举出很多，有时候我们更多地关注了复杂疑难的医疗操作和抢救，却在本不应该出现问题的"小事"上犯了错误。所以一名好的医生，除了具有丰富的临床救治能力外，还应处处注意工作细节，不因细节的错误，使整个医疗行为出现失败。

医生的细节应该是从外至里，深入头脑和内心的。

对于演员、明星这样的公众人物，我们会注意他在节目中每个表演细节的好与坏，关注他的生活细节是否符合社会公德。在病人和家属眼里，医生也是一个公众人物。在医院这样一个公共场合，医生就是演员，医生的仪表仪容、说话举止，哪怕是医生的一举一动，一个眼神都会被病人和家属收入眼帘。

一个穿着整洁干净、头发修剪整齐、没有浓妆艳抹的医生，自然第一眼就会给病人和家属留下好印象。而那些头发凌乱、手指甲没有修剪、白衣污迹斑斑、趿着鞋的医生,也会让病人和家属远离他们。

医生的语言也很重要,什么时间说,什么地点说,说什么内容,说的神情都是要事先考虑清楚的。一个在手术室里,清醒着等待手术的病人,会被医生与医学无关的说笑,弄得心惊胆战。一个本来不是很严重的疾病,会被医生严肃的没有任何表情的面孔,吓得不知所措。医生旁若无人的煲电话,会弄得病人看病的心思全无。

医生只有装着仁爱之心,有着不间断思考的大脑,带着爱去工作,才能把握好各方面的细节。医生不是一个单纯高智商的行业,考试成绩好、名校毕业、学位头衔高,不是判断医生优秀的标准,还需要行医者有着极高的情商,有着对病患油然而生的善良,这是一种职业素养,也是确保在与病人接触时,把控好每一个细节的关键所在。

人是有思想的动物,我们的一举一动,受大脑掌控。我们只有始终想着病人的需求,不断发现病人难处,才能及时给予他们帮助。天凉的时候,给病人检查身体,我们会把听诊器捂一捂,检查完毕,赶紧整理好病人的衣服,再把被子给病人盖好。在重症监护病房,病人家属不在身旁陪伴,病人感觉寂寞和恐惧时,我们应多陪陪病人,跟他们说说话。老年病人感觉孤独无助的时候,与他们交流的时候,尽量靠近一些,同时不要忘了拉拉他们的手。在为病人进行医疗操作前后,要关注病人情绪上的细微变化,让他们讲出身体的不适,及时告知医疗操作的流程,解答病人提出的问题,提前让病人了解治疗过程会给他们带来哪些适与不适的感觉。

医疗工作的细节有的是涉及人文关爱层面的,有的是涉及医疗技术层面的,有的是涉及医生自我修养层面的,三者表现形式可以不一样,但它们是一个完整的统一体。现在有些医生心浮气躁,不知道医学还有细节可做。他们认为只有完成别人干不了的医疗技术,才能快速步入医学大家的行列。殊不知医学是一个逐渐积累经验的过程,对于医疗细节的把控,时时处处走心,日积月累才是通向医学大家的必由之路。

　　千里之行始于足下，只要我们一步一个脚印，不断夯实医学基础知识，培养医学人文修养，勤于读书，不断思考，把爱融入工作中，我们才可以在医疗工作中少犯错误。我们要时刻记住，医疗的成功，不一定是做了几台大手术、完成了几个复杂的医疗操作、听到了几句虚无缥缈的赞扬，而是做到了在每天的医疗工作细节上，无偏差，无过错。

《跑步圣经》读后感

2015年6月13日

　　由于平素喜欢锻炼身体，特别是跑步，所以有时与人聊天，经常会聊到关于锻炼的话题。碰到了同样喜欢锻炼的人，可聊的内容就多了：每周做几次锻炼？每次做多长时间？锻炼的项目是什么？锻炼完的感受如何？甚至还会聊到穿什么样的装备能让身体在锻炼时少受伤害。

　　什么事一旦喜欢，就会上心，所以最近买了一些跟运动和跑步有关的书。每本书我都认认真真地读了一遍，我特别想知道别人对锻炼和跑步的理解和感受。

　　《跑步圣经》是一位美国人写的，之所以感兴趣，是因为作者有着跟我类似的经历。我们的职业都是医生，也都是在40岁以后才开始有规律的跑步。但不同的是，他是治疗心脏病的专家，我是一位普通的急诊医生，他跑步的距离要比我长，速度要远远快于我，他跑完全程马拉松只需要3小时左右。但这不影响我读这本书，也不影响我从书中获得感悟。

　　跑步是人的本能。我们的祖先正是具备了这种本能，才能躲避大自然带来的各种伤害。正是由于我们的祖先一路奔跑，强身健体，最终让我们人类存活到了今天。

　　我们每个人都有奔跑的基因，这是我们的动物属性决定的。爱默生说：首先要找到自己具备什么样的动物属性。在跑步的过程中，我感觉自己是一只动物。体型和体格决定了我要从事的运动，我也的确身体力行。

而在这样的运动过程中，我似乎具备了运动带来的优雅与节奏，且对事物的把握能力也有所提高。在跑步的过程中，我找到了乐趣，那并不来源于思考，而是来源于实际体验，这种体验往往还会给自己带来惊喜。

有时候我会和朋友们讨论——人类是否能永远在地球上生存下去？

我对这个问题持悲观态度。撇开自然灾害对人类的打击，科技发展到今天，不用奔跑，也不用追逐，人类看似就可以舒舒服服地生活在这个世界上。可是有没有想到，如果人类天生跑者的基因在这种安乐的环境里慢慢退化，逐渐消失，即使地球依然欢迎我们，我们的身体素质和健康状况也不允许我们在地球继续生存下去。如果真到了那一天，这能怪地球吗？

谈到锻炼和跑步，大多数人都认可这是一件有益健康的事情，但也是一件不太容易坚持下来的事情。没有时间不说，跑步时的那种痛苦和枯燥，是我们这种养尊处优的现代人能忍受得了的吗？

希腊人在跑步中领悟出了完整的人生理念。

他们在舒适中看不到幸福，在冥想中看不到智慧。终于有一天，他们在跑步中找到了人生的真谛。

起跑时，跑道代表孤独与逃避；到了终点，跑道又代表着发现和快乐。而在跑步过程中，能量是永恒的快乐。跑步让人身体疲惫、肌肉酸痛，但这也不断地挑战着跑者身体的抗压能力。也正是在这样的过程中，跑者克服了不适，充分发挥了自己的能力，并且做回了真正的自己。

人们都希望成功，但成功的前提是要有强壮的体魄。如果一个人没有好的体魄，他可能连休闲活动都没法参加，又怎么可能去思考并追求真理呢？

健康的状态有助于我们更好地了解自己，不断地完善自我。大人物也好，无名小卒也罢，都概莫能外。

在跑步之初，我也有很多的不适应。400米的跑道对我来说是那样漫长；接近终点时，气喘吁吁的呼吸，快跳到嗓子眼里的心脏，是那么让我恐惧；回到家中，酸痛的躯体，是那么让人不舒服；跑步耽误了我的休息，差点影响了我第二天的工作。我开始怀疑——跑步的好处到底在哪里呢？

坚持了一段时间，我才发现，跑步的好处真是太多了。

跑步让我形体优美、心态放松。每次迎着雨滴跑在跑道上，周围没有一个人，我会觉得我已经和自然界融为一体。我，其实就是大自然的一部分。这种融合是运动体验的最高境界，也是外在世界无法赋予我们的。

跑步让我重新审视了自己的内心世界，并不断地自我完善。

我可以自如地接受生活中的起起落落，接受内在与表面的差异，包括善变的我和真实的我。

我可以保持耐心去学习如何享受生活，不断努力的同时，不再对其他事情品头论足。

我要求自己做得很好，更好，并且相信自己能够做到。

由此看来，锻炼强健了我们的体魄，也开启了我们的心智。

和人谈话时我的目光不再闪烁，不再空洞，不再到处游离，不再因为躲闪而将目光落在对方右耳或者左肩上。我已经敢于在别人面前展现自己，愿意付出努力，并渴望得到回报，当然也就不再需要躲避谁的目光了。

从去年开始，我陆陆续续写了一些对运动、人生和工作的感悟。相关内容得到了一些朋友们的认可，这在运动之前，我是从没有想到过的。

　　赫胥黎曾经说过：思想与身体一样需要健康保证，这两者会有机地结合在一起，而运动与思考也就很显然地成为了一个整体。

　　我们的祖先不只是会奔跑，奔跑是本能，是求生之本，在奔跑中，他们增长了智慧，有了和大自然相处的能力，也有了抵御大自然的本领。他们把这样一个与大自然相处的基因给了我们，才让我们有了今天的文明，并让我们享受到了由于文明的发展所带来的物质成果。

　　如果想成为圣人或者哲学家，那你首先要成为一名运动者。

　　跑起来吧，生活中的最终答案并非死亡，而是运动。我们只能在运动中而不是死亡中找到生命的真谛。

两类病人使我想到的

2015年7月4日

由于职业的关系，每天要接触很多病人。人吃五谷杂粮，不可能不得病，得病的人形形色色。如果把病人进行分类的话，既可以从职业分，也可以从性别分；既可以从病情的轻重分，也可以从得病的部位分。当然作为医生，不管怎么分类，对所有的病人都应该一视同仁，给予他们关爱，给予他们应有的医疗救治，为他们的健康保驾护航。

今天我要谈到的这两类病人，不是说我在工作中，给予了他们什么医疗照顾，相反的是我从他们身上感悟到了心态的豁达，对生命的从容和淡定。

医疗的进步，生活水平的提高，使得人的平均寿命越来越长。在急诊室里，经常见到一些90岁左右的老人，他们因为器官功能的老化，外加一些感冒、摔伤或吃得不合适等诱因，引起全身状况不好来看病。

有些来诊的老人，因为病情发展快，在很短的时间内便出现了多器官功能衰竭，最后抢救无效，离开了人世。就像多米诺骨牌似的，一张牌倒下，其他牌也就在瞬间都跟着倒下去了。但还有一些老人，经过治疗，病情慢慢得到了控制。每次查房，见到这些老人，他（她）都对查房医生露出慈祥的笑容，如果神志清楚，都不忘说一些感谢的话，对医生给出的医嘱，都会含笑接受。和这些老人的接触过程，充分体现出了医患关系的和谐。

每次查房，都不是我帮助他们，而是他们感动了我。我愿意在他们的床边多停留一会，跟他们聊聊天，注视一下他们慈祥的目光，抚摸一下岁月在他们皮肤上留下的印记。

如果没做过医生，你是无法体会这种感受的。这些饱经沧桑的老人，对生活有着太多的感悟，他们的豁达，心态平和，他们的智慧把生命一直延续到很长很长，古话说：人活七十古来稀，而他们已把这句话远远抛在了时间的后面。

心态决定了人生是否幸福，幸福与金钱无关，与地位无关，幸福是用来感觉的，而不是用来比较的。他们对每位医生的微笑，不夹杂着任何功利；他们对我们的感谢，是那样的真诚。在这些老年病人面前，我很放松，不用端着架子，因为他们是我们永远的长者。

有时我会当着家属和年轻医生说：我们今天在床下站着的所有人，都不会活过我们这位躺在床上的老人，因为我们都没有他这样一个好的心态。加措大师曾经说过：生活中不可能事事尽如人意，学说三句话，时刻拥有乐观的心态和快乐的心境。第一句话：算了吧，生活中有很多事，只要你努力过、争取过，其实结果已不重要了；第二句是：不要紧，因为积极乐观的态度是解决和战胜困难的第一步；第三句是：会过去的，无论遇到什么困难，都要以积极的心态去面对。这些就是老人们之所以长寿的秘诀。

近100年来，医学有了长足的进步，一些危害人类的疾病被灭绝，一些难治的疾病也有了解决办法。可对癌症的治疗，虽然有进展，但远远没有达到彻底根除的程度。所以癌症仍然是当今威胁人类生命的罪魁祸首。

急诊科晚期肿瘤的病人非常多，因为专科已对原发肿瘤没有处理办法了，让病人回家又解决不了进食不好和疼痛的问题。这种情况，在国外可以送到临终关怀医院，

而在中国，这样的病人就只有留在急诊科了。

其实急诊医生对这样的病人也没有太好的办法，只能做一些对症处理的工作。但在与这些晚期肿瘤病人相处的过程中，他们对生命的淡定和勇敢，无时无刻不让我们感动。

一位26岁的女孩，得了晚期胃癌，肝脏也有了转移，浑身黄疸，经常恶心呕吐，每天疼得睡不着觉。我们查房的时候，除了疾病带来的病态表情外，她的眼神中看不到恐惧。她很有礼貌地回答我们的问题，虽然在说每句话的时候，身体都在忍受难以言说的痛苦。

她的人生旅程只有26年，按理说她应该怨恨社会对她的不公，为没有享受到大自然和青春的美好而沮丧，但这位女孩没有。对这样的病人，我只有敬佩，敬佩她对生命的勇气，敬佩她对别人的大度，敬佩她内心的强大，虽然这个世界给她的时间并不多。

每次查房见到她，对我的内心都是一次冲击。我希望能跟她多说几句话，好让我也受到她的感染，可以做到对生活豁达，对死亡无所畏惧。现在我们唯一能为她做的就是，对她的照顾细心一些，再细心一些。

我知道不久后，她将由我们这里直接离开，这是已经注定的结局，即使我们拼尽全力，也无法更改。我唯一希望，在我们悉心的照料下，她可以在生命最后的时间里，保有尊严，走得平和，不留遗憾。

曾经看到一位晚期癌症病人，勇敢地写下了她死前的日记：我必须感谢癌症，让我有一些从未有过的体验。了解生命必死之后，我变得谦卑，我认识到自己惊人的心理力量，也重新发现自己，因为我必须在人生的跑道上停下来，重新衡量，然后再前进。

肿瘤细胞在一步步蚕食着这些病人的身体，他们也清楚，不久将要告别这个世界，但此刻他们有如此强大的内心，让我们这些活着的人深感震撼。

作为医生，每次看到这两类病人，内心都有一种激动的感觉。治疗病人绝不仅仅只是让我有了谋生的手段，同时也让我的思想得到了净化。

有的病人是我们的人生老师，他们用实际行动教会了我们做人，也教会了我们面对生死。

把坚持养成一种习惯

2015年9月4日

昨天中国举行了举世瞩目的中国抗日战争暨世界反法西斯战争胜利70周年大阅兵，天公作美，昨天是一个非常难得的蓝天，阳光明媚，秋高气爽，非常适合观看阅兵表演。

而今天的天气则是阴云密布，格外沉闷，像是要下雨的节奏，这种天气真的只适合在室内活动。

虽然天气不好，上午还是去看了一趟父母，带着他们到外面吃了一顿饭，这也是逢年过节都坚持的习惯。

果然，下午回家的时候，天空中开始滴起了小雨。本来准备傍晚去体育场锻炼，看看还有几小时的时间，所以在家继续看葛拉西安写的《智慧书》。

以前也看过这本书，但由于它是一本哲理性、实用性和愉悦性都很强的谋略智慧书，所以没事的时候经常把它作为消遣来读。读书也是一种习惯，坚持读书，特别是读一本好书，不仅可以获得知识，启迪思想，更可以愉悦我们的精神。

不知不觉就读到了7点，这时眼睛也有些花了，脑子也有些木了，书再读下去，就可能把作者的观点理解错了，一本好书就会被糟蹋了。

看看窗外，雨还在下，虽并不是疾风暴雨，但到了操场也会马上就被雨水淋湿，往常这种情况我可能就会不去了，因为还没有出家门，雨已经下了，我有选择去或不去的主动权。

可明天预报说还是有雨，如果再不去，就等于中断了2天的锻炼，而且周末不外出是为了保证有锻炼时间，上班后，工作一忙起来锻炼时间就更不好定了。一周坚持锻炼不能少于3次，这样才能有比较好的锻炼效果，否则就有可能使锻炼前功尽弃。

想到这里，换上运动装，打着雨伞就直奔体育场。外面的雨，不是很大，到了体育场，已没有昨晚这个时候人挨人的景象了。篮球场、网球场和器械健身场空无一人，偌大的跑道只有一位跑者，还有3位女学生打着伞，围着跑道边走边打电话。

昨晚这个时候我也在这里锻炼，那时跑道挤满了跑步的，健步走的人群。网球场、篮球场和器械健身场也都是打球和锻炼的人，而且男男女女、老老小小都在锻炼。

这个场面在以前是很少见的，我心里感慨道，如果照这种方式发展下去，以后来医院看病的人一定会越来越少，即使有病，也不会是大病了。这说明国人对健康概念的理解有了很大的变化，要想身体好、要想不生病，就需要注意平时的锻炼，而且从孩子就要做起。

近年来随着媒体的宣传和医务人员对健康知识的普及，越来越多的人，开始转变了对健康的看法。

以前的人，只要疾病没有发作就很少就诊，只要身体不难受就认为没有病，实际这时候已经有很多病潜伏在了身体里。许多疾病初期的时候，没有症状，像肺癌、胰腺癌、糖尿病、高脂血症和冠心病等。

一旦出现了症状，到医院再去看的时候，医生对好多病已经没有办法治疗了。现在人们知道定期体检就可以早期发现许多疾病，经过及时治疗，一些病是可以治好

的；也知道了运动是除了药物之外，一种很好的防病治病工具。

人们开始走出家门、走出办公室来到户外参加各种运动。可现在问题又来了，不管选择什么样的锻炼方式，都会打破以前人们的身体感受和生活习惯。运动就会出汗；运动的初期会使人疲劳、肌肉酸痛、心跳加快；运动会使约好的饭局取消；运动会使每天欣赏的连续剧变成断续剧；运动会使学生做功课的时间缩短等，这些问题都给人们参加运动带来了阻碍，特别是影响了人们坚持运动习惯的养成。

许多人认为，动就比不动强，只要我抽空动一动，不管运动时间是否规律，活动量能否达标，也算是锻炼了。这就造成了有时体育场人满为患，有时体育场就冷冷清清，特别是天公一不作美，天气忽热忽冷，忽风忽雨，人们就更找到了中断锻炼的理由。由此三天打鱼，两天晒网的成语也就成了现实。

任何疾病都是慢慢养成的，一个好的身体也是慢慢锻炼而成。看了昨天的阅兵，我们都很兴奋，除了向全世界展示了我们国家军队的先进武器，让我们为之一振外，再就是军人们整齐划一的徒步队列，让我们热血沸腾，许多人流下了激动的眼泪。

媒体也在第一时间报道了军人们是如何练就的这身本领，唯有严格的训练和持之以恒的坚持，任何一蹴而就的想法都是站不住脚的。运动也是如此，要想通过运动改变自身的身体状况，使各项生理指标正常，体重指数达标，人感觉神清气爽，唯有坚持规律的锻炼。

坚持是一种习惯，也是一种能力和意志品德的体现。以前物质条件和生活水平没有这么高，但人们的身体状况比现在还好。当时人们出门是靠自己的双腿和自行车作为主要的出行方式，很少有人有条件坐车；吃饭都是自己买自己做，很少有餐馆和外卖；小孩子玩的就是捉迷藏、推铁环、跳皮筋，很少有人玩游戏机和手机。

大环境造就了人们养成这样一种健康运动的习惯，而且这种运动习惯是符合自然规律的, 所以那时候人们的理念——运动是快乐的。

现在人们的物质生活有了很大的改变: 出门可以坐车, 吃饭可以叫外卖, 小孩子可以坐在家里玩游戏机。这时要改变人们这种不正常的健康行为和理念, 就需要培养一种坚持的能力。

能力的养成, 不管是什么能力, 像读书能力、沟通能力、经商能力等, 都需要付出努力, 更需要坚持。"半途而废"在什么场合永远是贬义词, 而"持之以恒、坚持就是胜利"永远是被大家认可的褒义词。努力和坚持都是有着痛苦的成分在里面, 但随之而来的快乐都是努力和坚持的结果。

大自然永远眷顾那些按着它所规划的方式去做的物种, 淘汰那种投机取巧、奸懒馋滑、无所事事、一事无成的物种。自然界每天都在变化都在运动, 昨天是大好晴天, 今天就可能是雷雨交加。一成不变, 不是自然界的本性。

作为自然界的一小分子——人类, 更应顺从自然, 服从自然, 遵重自然规律, 建立自己适合环境的观念。生命在于运动, 运动在于坚持, 把坚持养成一种习惯。

孩子不是父母的私有财产

2015年8月14日

2015年8月13日对大多数人来说，是一个很普通的日子。但我还是把这一天深深记在了心里：女儿这一天独自背起了行囊，告别了父母，告别了自己住了18年的小屋，走上了她成年后的求学之路。

孩子一天天长大，这是不可改变的自然规律。孩子的成长就像小树一样，经过浇水、施肥、剪枝修叶，很快就会长成一棵可以独挡风雨、树干粗壮、枝繁叶茂的成熟树木。所以朋友问：送孩子走会不会难过？我说：不会。

当我们看到孩子自立了、成熟了，可以离开父母，自己独自去闯荡世界，我们应该为她高兴才是。

有些父母总想把孩子留在身边，他们总是担心孩子的能力不行，会在社会上吃亏。就像叔本华所说的："每个人都把自己视野的极限当作世界的极限。"实际现在的孩子都很聪明，接受新事物的能力强，领悟快。

7月份女儿和她的同学去日本自由行，订机票、安排旅游线路、订旅馆、订日本境内的新干线和相关景点的门票，都是两个18岁孩子自己做的，连我们这些所谓"见过世面"的家长都自愧不如。

还有些父母不愿意孩子离开自己是有私心的，孩子是父母生的，是父母养的，而且身边就一个孩子，一旦放他远走高飞，等父母老了，谁来照顾父母？谁给父母养老送终？

这些父母把孩子当成了自己的私有财产，并没有考虑孩子是作为一名独立人存在的真实感受。虽然孩子的生命是父母给的，但不意味着孩子一生就要生活在父母的屋檐下。

胡适先生在答汪长禄先生来信时写到他对儿子的态度时说："我想这个孩子自己并不曾自由主张要生在我家，我们做父母的不曾得他的同意，就糊里糊涂给了他一条生命。况且我们也并不曾有意送给他这条生命。我们既无意，如何能居功？如何能自以为有恩于他？他既无意求生，我们生了他，我们对他只有抱歉，更不能"市恩"了。至于我的儿子将来怎样待我，那是他自己的事。我决不期望他报答我的恩，因为我已宣言无患于他。我要我的儿子做一个堂堂正正的人，不要他做我的孝顺儿子。"

我自己认为"一个堂堂正正的人"绝不至于做打爹骂娘的事，绝不至于对他的父母毫无感情。我不赞成把"儿子孝顺父母"列为一种"信条"。

每个人都是社会的一员，都是大自然的一份子。虽然他有名有姓，但严格意义上说，他不能归属于某个人或某个家庭。

孩子一旦成年，就是自由人。他可以根据他的喜好、他的能力、他的身体状况，自由选择他的学习、他的工作、他的生活，而不是听命于长辈或父母的安排。

人的成长与动物的成长有类似之处，一旦小动物在母亲的喂养下长大了，能自己保护自己了，它就会马上离开它的父母，融入大自然当中去，自己去觅食，自己去应付大自然的挑战，自己去寻找今后的配偶，然后繁衍它们的下一代。如果它不能按照这条规律走，大自然就会把这个物种淘汰掉。

为了不违背自然规律，作为人类的父母也不要为自己成年后的下一代做主，也不要主宰他们今后的人生。人与人之间是不能相互替代的，尤其是思想、兴趣和生活习性。

每个人的所思所想、兴趣爱好、脾气秉性相差很大，即使是双胞胎的兄弟或姐妹。这就决定了把自己的意志强加于别人是不符合客观规律的，作为人来讲，更不能成为别人的私属财产。

父母需要做好的工作，就是在孩子成年之前给他一个好的成长环境，按照大自然的属性和规律去培养他。让他接触正面的影响，教他谋生的手段。

因为孩子今后能不能自立，能不能作为一个被社会所接受的有用之才，关键在于早期父母的教育。那时孩子的脑子就像一块会吸水的海绵，父母给予任何正面的教育或不好的影响都会被不加过滤地吸入孩子的脑子中。

成年后，孩子有思想了，会思考了，能分析了，但儿时父母灌输的东西大多也已成为习惯了。

好的习惯会培养孩子有一颗善良的心，使孩子在成年后健康地走下去，成为国家和社会有用之才，也有能力报答父母的养育之恩。不好的习惯会使孩子在今后的路上磕磕绊绊，既照顾不了自己，更谈不上帮助父母，最后成为国家和社会的累赘。

孩子长大都会远行，老婆孩子热炕头、多子多福、儿孙满堂等老话，现在看来都有些狭隘或过时了。

父母真正希望看到的，应该是成年后孩子的童心未泯，同时又有一颗善良之心；能自食其力，被社会接受；遇到困难，懂得谦让，学会容忍，不失去信心。善良的孩子融入了世间很多的美德。

孩子比父母想象中坚强、有主见、有求知欲、有解决困难的能力。只要父母在孩童时期，没有溺爱孩子，没有娇惯孩子，主动培养孩子的爱心，成年后你的孩子一定会走得很远。

也只有这样的孩子，在父母有一天需要他的时候，他有能力，也会心甘情愿回到父母的身边尽他对父母的养育之恩，因为这样的孩子永远都会有一颗善良之心。这既是对父母的回报，也是凡事都会有因果规律的体现。

医生有时要品味一下哲学家的话语

2015年10月16日

我上小学时语文课本的内容很简单，学的是主席的语录，主席的诗词，还有一些那个年代先进人物的事迹，如草原英雄小姐妹、金训华、刘英俊等。

但也是在那个时候接触到了"哲学"这个名词，知道了哲学家，如柏拉图、苏格拉底，他们倡导的哲学是唯心主义的，是形而上学的，是不好的哲学；而马克思倡导的是辩证唯物主义哲学，是需要人们好好学习的哲学。因为年纪小，对哲学的理解仅此而已。

长大一些后，我接触的第一部哲学著作，是毛主席写的《矛盾论》。矛盾具有普遍性和特殊性，矛盾又分主要矛盾和次要矛盾，矛盾是发展变化的，旧的矛盾解决了，新的矛盾又产生了。依据当时自己的智商，还是不能完全理解伟人们的哲学思想。从此哲学在我的脑子里的概念，就是一门难懂的学问，一门只有高人才能理解的学问。

一晃就进入了青年，又从青年进入了中年，经历了大学、研究生和工作的历练，也为人师，为人夫，为人父。生活中有过磕磕碰碰，工作中也出现过起起伏伏。事业上算不上成功，也算不上失败。

活到50岁，既没有大喜，也没有大忧。一路走过来，既不是不爱思考的人，也不是善于思考的人。活到此，可谓是平平淡淡。

闲来无事，偶然从电子书上看到了介绍德国哲学家尼采的生平，又读了他写的一些著作，第一次发现哲学著作不是那样苦涩难懂，第一次发现几百年前的人还能讲出当今的人都说不出的道理。

从此颠覆了小时候对哲学这门学问的理解，有了探究哲学家话语的兴趣。叔本华的《意志决定命运》，卢梭的《爱弥儿》，卡夫卡的《孤独成就高贵》，培根的《论人生》，蒙田的《内心的自我》，奥勒留的《沉思录》，葛拉西安的《智慧书》等，我都在工作之余学习了。

虽然学的只是皮毛，读的东西也没全记住，更不具备像哲学家一样思考的能力，但还是让我获益匪浅。哲学可以让我反思自己之前走过的路，做过的事。

学哲学可以让我站在不同的高度看待这个世界的是与非；可以为我混沌的思维打开一扇窗，射进一束光；可以让我感受到在这世界上的孤独，同样也是一种享受；可以让我顺从大自然，唯大自然是最美最真的；还可以让我……

克里斯蒂安说：哲学是一种方法。学哲学，就是学习如何提出问题并再次提出问题，直到出现有意义的答案；学哲学，就是学习去哪里寻找最可靠、最新的信息，进一步深入了解一些问题；学哲学，就是学习如何复核那些宣称的事实，以证实或证伪它们；学哲学，就是学习如何拒绝荒谬者宣称的事，无论宣称者有多么大的权威或名声。

人是一个至今还没有被搞懂的生物，虽然人的基因组测序工作早已完成，但临床许多疾病仍在困惑着我们。

发病机制不清的疾病比比皆是，如免疫系统疾病、内分泌系统疾病、神经系统疾病、各种肿瘤，现代医学都不能给出一个明确的说法，每天被病人和家属问的多如牛毛的问题，真正回答有把握的不多，所以许多时候我诚惶诚恐。

近年随着物理学、光学、电子技术等领域的发展，一些以前不能发现的病变被诊断了出来，但其病变的功能情况、代谢情况仍不被人所知。同一个病，在不同人身上；同一个人，在不同的时期患的同一个病，都不能得到复制，故此同样的治疗方法产生的治疗效果就会大不一样。所以医学还远远没有脱离经验医学，上升到真正科学的水平。

为此，对于一个医生，在任何时候，看到任何病人，脑子里都要多问几个为什么，都要多想几个解决为什么的办法。

所有知识都始于"良好的、健康的疑问"。

自然不仅赋予人类优越性这种人们普遍具有的东西，自然还给予每个人不同的特性，这种普遍性和特性都属于人的本性。人类个体的差异，导致了医学的不确定性，医学的不确定性，又导致了治疗效果的不确定性。

因人施治，具体问题具体分析。

一个老年人患有肺炎，和一个年轻人患有肺炎，在临床表现、治疗效果、恢复时间肯定不一样。虽然都是肺炎，但因为年龄的差异，直接导致了两者生理功能的差异，使得身体对药物的代谢和敏感性以及身体的抵抗力都存在不同。

同样，一个人今年得的肺炎，和去年得的肺炎也不一样。因为人在不同的时期生理状态是不一样的。

医学上任何一种药物治疗都存在着利弊。如激素可以缓解许多结缔组织病、过敏症、过度炎症反应等，但用量不合适，也会造成高血压、骨质疏松、消化道出血等；化疗药物可以杀死肿瘤细胞，但也可以杀死正常的细胞，同时引起食欲不振、脱发等不良反应。

做任何事情，都要把握一个度，超过这个"度"就会事倍功半。从一个极端到另一

个极端有很长的一段路，明慎的人执守中间地带，也就是中国人讲的"中庸之道"。

在当今医学仍是以经验科学为主的年代，为了少犯医疗过失，中庸理论必不可少。

工作之所以苦，是因为有责任；治病之所以难，是因为没有公式；这种苦和难会注定伴随每位医生一辈子。

马库斯·图留斯·西塞罗说："本性和命运对于职业的影响都是巨大的，但是拿本性与命运相比较，由于本性的稳定性，因此它比命运更加重要。"

既然我们选择从医这条路，就坚定地走下去吧。每位医生要学会像哲学家一样思考，因为医学有太多的未知，此一时彼一时的事情常常发生，既然我们不能揭示它的科学规律，不如有一些形而上的思考，也许对医生，对病人都是有益的。

葛拉西安说："与古人谈心，与活着的人交流，以哲学家的世界观处事，是人生至乐。"

需要姑息治疗的疾病

2015年11月1日

　　在医学上，有些疾病可以用药治好，像化脓性扁桃体炎，当医生用了对细菌敏感的抗炎药，很快就会被治愈；也有些病可以用手术治好，像化脓性阑尾炎，当在阑尾穿孔之前，医生及时手术切除化脓的阑尾，这个病也可以不留下任何后遗症。

　　但医学上还有好多病不是靠药物和手术就能治好，甚至根本治不好的病，像晚期肿瘤、阿尔茨海默病、慢性心脏病、脑血管疾病、肾脏疾病、与年龄相关的不能手术的骨折等。

　　有一位60多岁脑干出血幸存下来的病人，因为肺部感染来看病，经过积极的抗感染治疗，病人的体温和反映感染的化验指标都正常了，但病人还是有痰，家属希望把病人治疗到痰排干净再出院。

　　我跟病人的女儿讲：病人因为原发的脑干出血导致了吞咽功能丧失、卧床不能活动、没有了正常的交流能力，以及每日只能靠鼻饲饮食维持营养。虽然病人在康复医院经过了3个月的治疗，但神经功能没有任何好转，在这种情况下，病人在喂食的时候可能有食物反流到呼吸道，轻者会导致痰多，重者会导致肺部感染或窒息，加上病人不能运动，营养也跟不上，身体的抵抗力也受到了影响，咳痰也没有力气，怎么可能让他呼吸道里的痰都排干净呢？

　　还有一位将近90岁的病人，入院之前神志和吃喝还不错，这次因为重症急性胆囊炎住院，当时病人的生命体征都不稳定了。后来经过治疗病人慢慢脱离了危险，但神志状况已经不如从前了，进食也只能靠鼻饲了。

　　由于病人病情稳定了，各项化验指标也接近正常，医生就劝家属把病人接回家，家属却希望医生再用更好的药，把病人治疗到和住院之前一样能主动进食和能交流的状态。

　　虽然随着生物科学、电子技术以及人工智能的发展，现代医学有了长足的进步，虽然人类基因谱被解密，使得人类对先天性疾病有了更多的了解，虽然智能化的机器

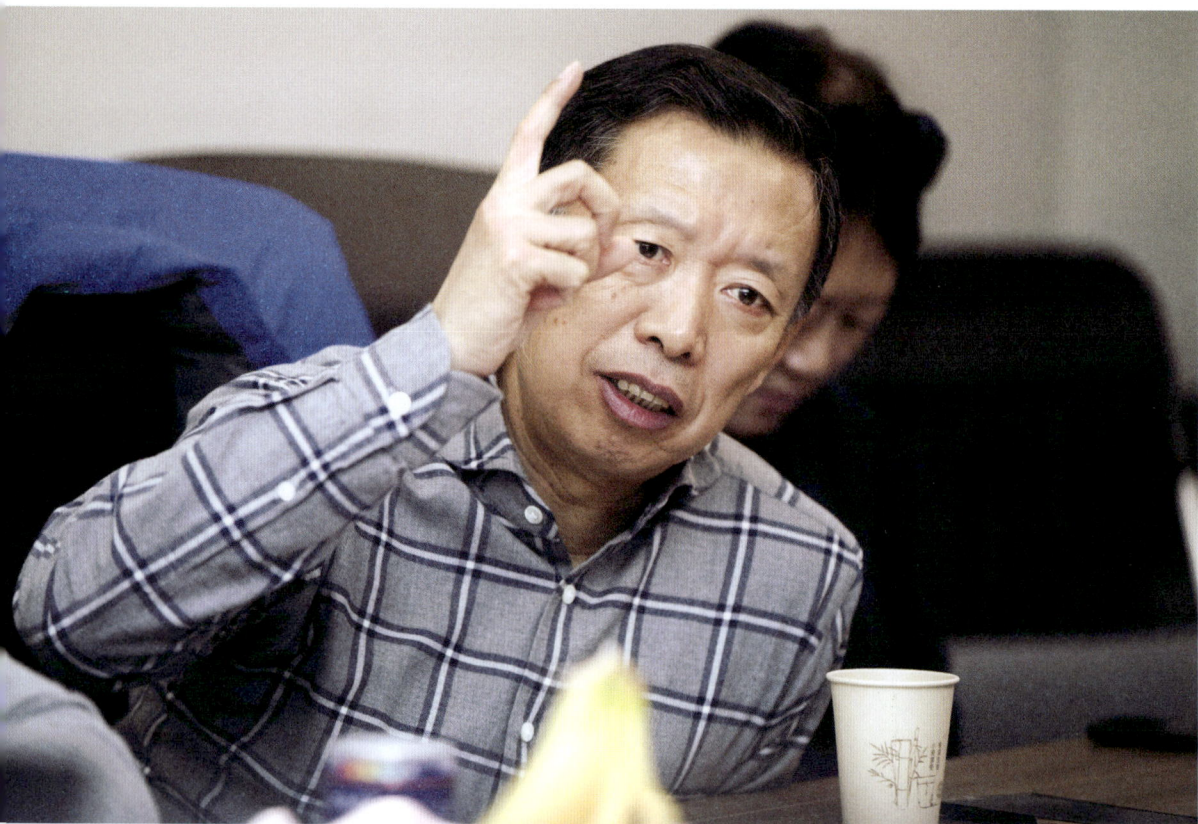

人可以帮助医生从事更复杂和精准的手术，虽然疫苗的开发使得许多传染病得到了控制或灭绝，但这些都不足以让我们治愈晚期肿瘤和许多慢性病，一句话：死亡不可抗拒，机体的奥秘还没有搞清。在这种情况下，对某些疾病的过度干预，或者异想天开的想法显然是不科学的，同时也是与大自然的规律相违背的。

作为医生和家属都应该尊重客观现实，正视在不同时代的医学背景下，人类在许多疾病面前表现出来的无奈。所以在不能用药物和手术刀治愈疾病时，医生对病人的治疗方法还有沟通、人文关爱和心灵呵护。

家属除了对病人恢复健康的渴望和一些经济及物质上的付出外，还应该给予病人更多的陪伴，更多心理上的交流，更多作为子女对父母的孝道，更多作为父母对子女的关爱。

当然作为病人更要了解和理解医学对许多疾病的局限，做好面对不可治愈疾病的心理准备。

姑息治疗最早出现于12世纪。1879年，柏林的一位修女玛丽·艾肯亥将其修道院主办的安宁院（安宁院，HOSPICE，原指朝圣途中的驿站）作为收容晚期癌症病人的场所，所以最早姑息治疗的理念首先是应用在晚期癌症患者身上。

世界卫生组织对姑息治疗医学的定义是：对那些在治愈性治疗无反应的病人进行完全的、主动的治疗和护理。在姑息治疗中，对疾病的治愈不是重点。以"疾病为导向"转向为"以患者为导向"才是重点。

一位熟人的父亲，80岁，既往患有糖尿病、冠心病和阿尔茨海默病，此次因为进食不好，送到医院治疗。来院时，病人的一般情况和检查指标还可以，但到了晚上因为没有家属陪床，病人情绪非常不好，对医院的新环境不适应，对在床上大小便也不习惯，大吵大闹，要回家，进而导致了心脏病情的加重。后来经过救治，病情趋于平稳，各项指标也开始好转。

但每次家属探视，病人都比较激动，要求回家。最后终因情绪反复，又一次导致心脏病情的加重而离开了人世。

人的死亡是不可避免的，常说：医生治得了病，救不了命。国人通常认为死亡是治疗失败的结果，而非"自然"的过程，因而千方百计地在各种无效的治疗中找到"一线生机"。

实际上对于许多终末期疾病和慢性疾病，我们更应该重视的是生存质量，而与生存质量有很大关系的就是需要对哪些病人采取姑息治疗。有统计每年有39%心血管疾病病人、34%癌症病人、10%慢性肺病病人、6%艾滋病病人、5%糖尿病病人需要接受姑息治疗。

姑息治疗不是不治疗，也不是凑合治疗，而是将治疗的重点转移到心理的安慰、人文的关怀、辅助躯体症状的控制。

医生有"三件宝"：药物、手术刀、沟通。作为医生就要针对不同的病人，在不同的场合和不同的时机，选择不同的治疗方法和不同的治疗手段。让病人活得有尊严，死了也不遗憾。

我的理想场景是：在一个温馨舒适的房间里，一位不能用现代医疗手段治愈的病人静静地躺在床上，看着窗外的蓝天，呼吸着没有雾霾的清新空气。有他期盼的家人和医生坐在他的旁边，拉着他的手，不时在手上来回抚摸，让他感觉到这是世界上最合适的手温。

在他耳边低语，不论讲的内容是什么，让他感觉到那就是世界上最美好的音乐。病人的眼神不时从窗外见到的大自然，又回到与亲人和他信赖的医生的对视中。

死亡的恐惧在这一刻被化解，他此时此刻的感受就是对大自然的爱，对亲人们的爱，在这种爱中离开世界还有什么遗憾呢？

读《当我谈跑步时，我谈些什么》的感悟

2015年11月7日

发现了村上春树写的《当我谈跑步时，我谈些什么》，纯属偶然。看完后，却感觉相见恨晚。

以前对村上春树的了解，仅限于他是一位知名的日本作家，写了不少畅销书，有众多读者，还曾是诺贝尔文学奖的候选人。但我不曾读过他写的任何一本书。我对文学兴趣是不大的，看过的文学著作少之又少。这次也是因为好奇一位知名作家对跑步有何想法，才在网上买了这本书。

利用外出路上乘坐交通工具的机会，我把书看完了。

1982年的秋天，在村上春树33岁的时候，他开始了跑步生涯。2007年，此书完稿，此时他已经58岁了。在这25年期间，他参加了23次马拉松比赛，1次100千米超级马拉松赛以及多次铁人三项赛。

不管在哪里，跑步已是村上春树生活中不可缺少的一部分，他每天跑步10千米以上，很少间断。通过跑步，他戒掉了抽烟的不良习惯；通过跑步，他身上的赘肉都消失了，显得年轻又健康；更为重要的是，跑步并没有影响他成为世界知名作家。他说："我写小说的许多方法，是每天清晨沿着道路跑步时学到的，是自然的，切身的，以及实际学到的。"

他说他的墓志铭是：

村上春树

作家（兼跑者）

1949——20XX

他至少是跑到了最后

与村上春树比，我的跑步时间不长，只有9年。单次跑步距离最长也只有10千米，而且这还只是最近1个月左右的事，更没有任何参加马拉松的经历。但我却从书中找到了与村上春树这样出色的跑者共有的感受。

村上春树说："跑步有几个好处，首先是不需要伙伴或对手，也不需要特别的器具和装备，更不必特地赶赴某个特别的场所，只要有一双合适的跑步鞋，有一条马马虎虎的路，就可以在兴之所至时爱跑多久就跑多久。"当初之所以把跑步作为我健身的方法，就是因为它的方便——不受场地的影响，不受他人的影响，不受气候的影响。只需要自己的毅力，外加一双跑步鞋，就可以开始了。所以，跑步是人类除了走之外，最简单的活动方式和健身手段。

跑步虽然简单，但要想跑得长久，跑得快，把跑步融入自己的生活，还是需要锻炼的。

像任何一位初始跑步的人一样，村上春树也没有逃脱掉开始跑步时，身体所表现出来的不适。"开始跑步之后，有那么一段时间，我跑不了太长的距离，20分钟，最多也就是30分钟左右，我记得就跑这么一点点，便气喘吁吁地几乎窒息，心脏狂跳不已，两腿颤颤巍巍。"但人的适应能力很强，只要身体的器官和四肢没有明显的器质性问题，都会慢慢适应跑步引起心率的增快、呼吸的急促、四肢的酸痛。

　　我们的老祖宗从来就不缺少善于奔跑的基因，只是现在的人把这个基因弱化了或彻底隐藏了。

　　我对跑者标准的定义并不高。一是喜欢把跑步作为自己的健身方式；二是每天能跑上4~5千米以上；三是不会因为各种理由和借口中断跑步；四是能体会到跑步给自己身体和精神带来的不一样的感受。

　　"跑步如同一日三餐、睡眠、家务和工作一样，被组编进了生活循环。"一旦在你生活中离不开跑步，你就是跑者了。跑者并不一定都参加马拉松比赛，也不一定要把自己的跑步速度定在某个范围。真正意义的跑者应该把跑步当成健身，同时也把跑步当作提升自身精神世界的一个必要手段，认识到通过跑步可以培养出一个持之以恒、不畏痛苦、勇于面对复杂多变环境的优秀品质。

　　世上时时有人嘲笑每日坚持跑步的人："难道就那么盼望长命百岁？"我却觉得因为希冀长命百岁而跑步的人，大概不太多。怀着"不能长命百岁不打紧，至少要在有生之年过得完美"这种心情跑步的人，只怕多得多。同样是10年，比起稀里糊涂地活，目的明确、生气勃勃地活着当然更令人满意。

　　9年来，我给自己定的目标一直是每天跑4千米，用时20~22分钟。所以，只要我出现在跑步场上，不管什么样的天气，是冷还是热，是下雨还是下雪，都能完成预定的目标。中途没有完成跑步的情况寥寥无几。偶尔有几次没有完成，也是与身体突发的不适有关系。通过多年的跑步，我已经养成了一种不服输的性格，不达目标誓不罢休。

　　最近受到迷你马拉松和半程马拉松的影响，觉得之前每天跑的距离有些短了，开始尝试5千米和10千米跑。起初我还是有些顾忌的，担心跑不下来。因为每次跑完4千米，我感觉已经消耗了所有的体力。

　　为了完成5千米，我做了一些准备。首先在心理上给自己打气，其次调整了跑步节奏。

我打算开始的时候先跑得慢一些，不要一下子拼得过猛，也不要受到场内其他跑步人员的影响，打乱自己的步伐。

第一次尝试5千米，正好赶上下雨，同时锻炼的人很少，我按照自己的节奏，很顺利地跑完了全程。信心有了，体力也跟得上，我又给自己加了量，一下子把跑步的距离涨到了10千米。

在更年轻的时候，我没有尝试10千米，而在55岁后，却开始尝试更长的距离，这对我来说是一场挑战。挑战成功了，我顺利地跑完了10千米。我的心情异常兴奋，这是我以前从没有想过的距离。

人的潜力是如此巨大。我真切地体会到了毛主席所说的"世上无难事，只要肯登攀"。世上的许多事情，听起来很难，做起来更难。但只要真正有勇气、有智慧试一下，就可能得到一个好的结果，造就一个不一样的自己。

从那以后，我经常对自己发起挑战。

今天上午我外出，沿着海边的公路跑了1小时，晚上到体育场又跑了10千米。之前从没在体育场之外跑那样久，也没有一天跑上两次步。我再一次经历了一场新的挑战，全天一共累计跑了20千米，接近了半马的距离。

村上春树说："不论到了多大年龄，只要人活着，对自己就会有新的发现。只要身体允许，纵然已是老态龙钟，纵然周围的人频频告衷，'村上君，不要再跑了，已经上年纪了'，我还是会不以为意地继续跑步。"这就是一位跑者的追求。

对于每一位跑者，跑步既不是机械性的重复，也不是规定的仪式，而是身体自然的要求——如同干渴的土地需要久违的甘霖。

跑步在强健身体的同时，也开发了大脑，使得大脑有了更多的时间思考。有了思

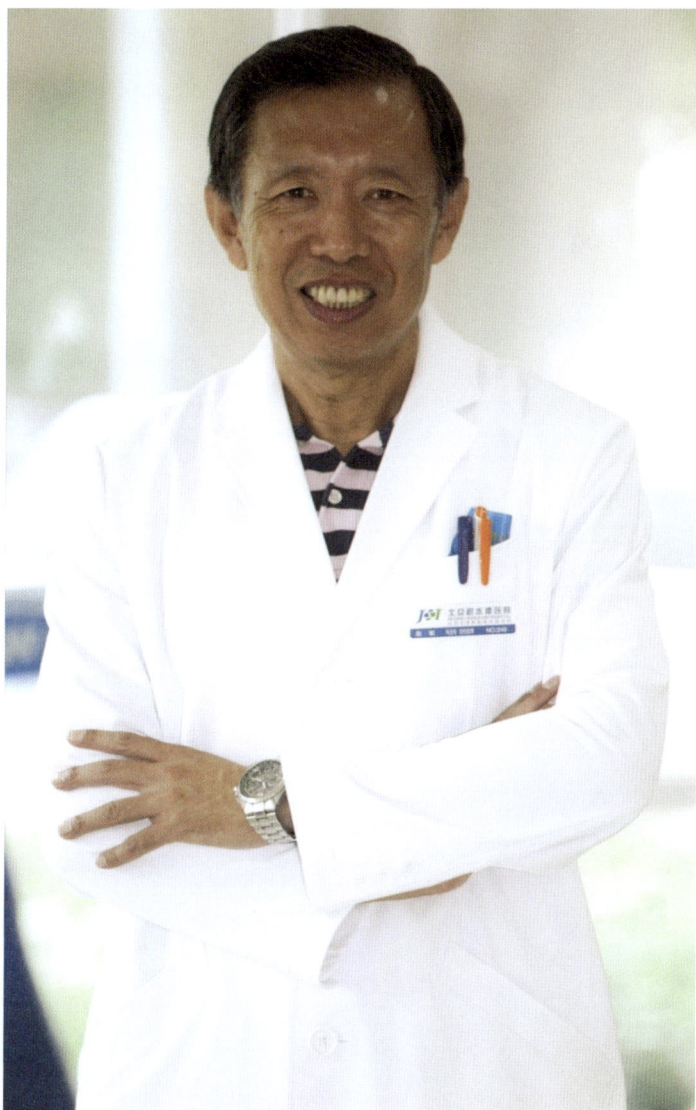

考，就会提出全新的理念。有了全新的理念，就有了解决问题的办法。作家可以创作出脍炙人口的作品，医生可以为病人提出缜密的治疗方案，科研工作者可以探究出世上更多不为人知的奥秘。

由此看来，跑步已超越了单纯的健身，它是对人意志力的考验，是对成功与失败的反思，是激励人们自信心的动力，是发现自我、成就自我的窗口，是人接触自然、回归自然最佳的途径。

成为一名跑者后，我才对村上春树的这句话有了更深的了解：跑步是我日常生活中的一个支柱，只要跑步，我便感到快乐。

对事情的本质不清楚的时候，要冷静、要客观

2015年12月10日

　　雾霾天，在室外跑步，是勇气可嘉，还是不可理喻？有人觉得这种天气应该换一种锻炼方式，但也有人默许支持。

　　实际上，我作为跑步者，就没想那么多。反正天上没有下刀子，跑就是了。

　　至于雾霾对身体有多大危害，对于跑步者有多大影响，而在雾霾天不出门、不活动有多大益处，目前还没有大规模的调查研究。

　　医学上有些问题是比较明确的，如高血压不治疗的话，肯定会因为并发症使身体残疾或死亡；糖尿病如果不治疗的话，结局与高血压也差不多；癌症在早期不治疗的话，离转移就不远了。

　　但有些事情变数就比较大，就拿吸烟来说，吸烟肯定对身体不好，但不是每位吸烟者都死于与吸烟有关的疾病。

　　有些人非常喜欢运动，但各种运动包括马拉松比赛中也会出现猝死。反之，一些很反感运动的人，常年很少活动的人，也会活到寿终正寝。所以，在医学上许多话都不能说得那么绝对。

　　人不是纸糊的，先天和后天使人具备了许多防御能力，身体有些毛病，如果不极端，靠自身的调节是完全可以自愈的。

现代科技和医学生物的发展，使以前许多不能见到的病变，被及时发现；使以前知道但却无从下手的病灶也得到了治疗。这样一来，许多过去根本不能治疗的病，在现代医学干预下，已经有了有效的控制办法。

可是现代医学却对每个人的机体防御能力和耐受疾病的打击能力了解得不可能很准确，看似应该治好的病，却没有治好；看似治疗无望的病，病人却奇迹般地活了过来。也正因为此，医生对许多疾病的治疗是不确定的，这与病人和家属的初衷形成了反差，但这也正是医学上的无奈。

关于治病和健康，被忽悠的事例很多，以前说吃绿豆、吃纳豆、吃酵素对身体好，对健康有利，能提高机体的免疫力，于是乎大家一窝蜂地买绿豆、买纳豆、买酵素，结果呢？机体的免疫力提高了吗？吃进去的病吐出来了吗？最后还是竹篮子打水一场空。虽然到不了赔了夫人又折兵的地步，但总感觉被人忽悠了。

对于环境同样是这样，雾霾对身体有害是没有错的，但危害的程度如何，什么情况下对身体的影响最大，接触多长时间就会影响到身体的健康，每个人对雾霾的防御能力一样吗，戴上口罩待在房间里就能减少雾霾的侵入吗？等等一系列问题都有待搞清楚。

记得有一年上海流行甲型肝炎，说是喝板蓝根有效，于是乎医院、药店的板蓝根被抢购一空。2003年"非典"，说呼吸机治疗重症"非典"病人有效，一瞬间，经销呼吸机的厂商手里的呼吸机全部被卖出，连零件不全的呼吸机也被医院买走了。

如果雾霾再持续几天，恐怕北京市面上的口罩也会被卖空。这两天大街上戴口罩的人明显多了起来，而且样式五花八门。我心里问：管用吗？雾霾进入体内的途径只有口和鼻吗？皮肤呢？毛发呢？

所以，面对许多事情，大家都还没有搞清原委，就愿一拥而上。最后上当了，受骗了，就又把当初的事情说的一钱不值。

其实大千世界的事情，既没有那样复杂，也没有那样简单。既没有一无是处的东西，也没有样样都好的事情。维生素对身体有好处，但吃多了也会中毒。砒霜是毒药，但适量的使用对一些癌症还是有效果的。

有时候人需要有哲学家的头脑，特别是医生需要像哲学家一样思考。在顺境中，想到不幸；在情投意合时，想到敌对；在天气晴和时，想到乌云密布；在热爱中，想到恨；在信任的时候，想到他人的自私。

同样地，在逆境中，要保持欣喜时光所有的轻快感。对任何事情不要轻易下结论，要经过缜密的思考，要经过实践的考验。

这个时代圣人太少，普通人的预知性是建立在学习、思考、领悟、实践的基础上。凡事都应一分为二，凡事都不应武断、偏激。做人要有智慧，做事要懂中庸之道。

《培根随笔》读后感

2015年12月25日

虽然说圣诞节是洋人的节日，但是最近这一二十年来，圣诞节在国内还是非常受欢迎的。商家们趁着节日，做各种活动，搞促销。年轻人下了班，逛街、购物、聚餐，好不快活。

我虽然不怎么过这个节日，但总能收到朋友们的节日问候。这也算是一种幸福吧。

不过今年的12月24日，感觉有些不寻常。

先是午后一场来势凶猛的雾霾把城市搞得灰蒙蒙的，商家们的彩灯，在厚厚的雾霾中时隐时现，失去了往日的光彩。

紧接着手机收到的不是节日问候，而是善意提醒：圣诞节期间少在公共场所过多的停留，可能会存在不安全因素。

既然防天祸避人祸都要求我们留在家里，还是听人劝吃饱饭，老老实实在家吧。

不能锻炼，但不影响阅读，翻翻《培根随笔》，也是一件其乐融融的好事。

培根是英国著名的唯物主义哲学家和科学家，很小就听说过"知识就是力量"这句名言，今天才知道它是出自培根之口。

培根的著作是多方面的，其中他写的有关健康方面的随笔让我看到了这位哲学家所具有的大智慧。读读培根的随笔，对我暂时远离当今这个烦躁不安的世界，远离这个被物欲和缺乏信任搞乱的世界有很大的帮助，不失为一种解脱。

"人们常说养生有道，而这道不仅仅在于医术的高低，还在人自己那里。当自己知道了什么对身体是有利的，什么对身体是有害的，并且严格地加以遵循，那么这就是最好的保健处方。"好多时候作为医生，会给病人很多告忠，但有时发现并不好使。病人在医院答应了你，回家就变了样。有病的时候答应了你，病好了就忘得一干二净。所以，如果没有从内心深处把什么是健康，什么不是健康真切地体会到，就是天王老爷说的话也没有用。维护健康是要付出代价的，唯有自己是健康的掌握者。

"年轻时体魄强健，任由自己放纵无度，那么这种透支所带来的损害是一笔到了年老时必须偿还的债务。"这句话说得千真万确，30岁之前我们可以任意挥霍自己的身体，因为每个人在这个阶段身体都有很好的代偿和储备能力。但随着年龄的增长，这种老天爷给予的优势就会下降，而且身体也会留下你在年轻时对它带来的不恭印记。例如，许多人吸烟，早期并没使身体发生什么异样的变化，等到年岁大了，肺功能可能就会急剧下降，上楼困难，活动就喘，老年慢性支气管炎也会找上门来。

"随着年龄的增长，别总是想着做和以前相同的事，因为毕竟岁月不饶人。"与中国人常说的力不从心是一个道理，就是说到了什么年龄都要做该年龄适宜的事。临床看到许多老年人得病，都是因为不服老，做了超出自己体力和能力范围的事。如老年人骑车或不拄拐棍，导致摔伤骨折，除了自己痛苦，还连累了家人。

"经常保持心胸坦然，精神愉快，这是延年益寿的秘诀之一。"愉快的心情是健康的重要基石，试想人们如果每天出门看到的都是阴沉沉的雾霾天，走在路上都在琢磨会不会遇到倒霉事情，久而久之，他的身体不出毛病才怪呢，更谈不上什么长命百岁了。人要想长寿就要有一个好心情。

"人的心中应当充盈着希望、信心、愉快，欢笑是人生的良药，但也不要欢乐过度。"任何事情都要把握一个度，高兴固然是好事，但还要知道有乐极生悲这个词语。所以做什么事，还是平和一些好。

"身体没有病时不要滥用药物，否则当疾病降临时，药物可能就会不起作用了。"毒药和药物只有量的界限，药物吃多了就跟吃毒药没有区别了。现在许多人被保健品忽悠了，身体健健康康，每天还服用大量的保健品，实际上保健品也是药。身体没有病，药物就没有用武之地。

"当疾病来临时，就要努力运用各种手段来恢复健康。"不要对疾病不上心，虽然有些病不治也会好，但还有1/3的疾病如果不治疗的话，就会引发灾难性的后果。例如，忽视了咯血，它可能就是早期肺癌的先兆；胸痛不重视，有可能就为心源性猝死留下了伏笔。

"当身体健康时，则应当经常从事锻炼。许多体力劳动者在生病时很容易较快地恢复健康，就说明了锻炼对增强体质是多么的重要。"保证身体的健康，需要持之以恒的锻炼。生命在于运动，中国有句老话：动一动十年少。

"在选择医生的时候，还应当注意，医生的名望固然很重要，而一个了解你身体具体情况的医生才是你的最佳选择。"治病是医生的职责，但对健康知识的宣教和普及也应视为医生分内的事，所以一位熟知病人具体情况的医生才能为病人做出健康知识宣教、普及和治疗一体化的服务，病人才能获益更多。

这样看来，距今400多年前的哲学家提出的健康理念，不正是我们今天的人也应该遵守的吗？

400年前的世界什么样子，我不知道。是否也有雾霾，也有恐怖，也许这两者都不存在。

但当时肯定也会有其他方面的不如意：天气变化的无常，社会的不稳定，科技的不发达，人们的生活水平不高等。

而今天我们科技发展如日中天，可并没有使我们在健康理念的理解和追求上超过400年前的人类，甚至在某些方面还有退步。所以，我们现在的人应该把精力更多地放在如何提高人类健康水平，如何享受健康带给人的愉悦的感受。而不是沉溺于科技发展带来的各种便利中，忽视了身体的健康需求。

病人的治疗，谁做主？

2016年1月12日

今天在回龙观院区抢救室把所有的病人都看了一下。

有两位病人已在抢救室待了1周以上了，其中一位是85岁的老奶奶。她肾功能不全，血肌酐很高。因为病人年岁大，又是一老一小医保，家里人也不准备给她做透析治疗了。但病人经药物保守治疗后，精神状态，吃喝都有好转，尿量也挺多，而且血肌酐的指标也有了一定下降。我问病人：好一些了吗？她说：好多了。我又问：愿意不愿意回家？她说：愿意。

本来家属还想住院再治疗治疗，我就跟家属说：病人的情况比来的时候好多了，除了血肌酐的指标不正常外，其他临床症状都好转了，而且住院也不能解决她的血肌酐问题，老人家也想回家，明天就回家吧。家属同意了我的意见，跟老人说明天可以出院回家，老人也很高兴。

另一个病人96岁，这次是因为心脏有些不好，加上全身水肿来的医院。经过1周的治疗，心脏的情况平稳了，水肿也得到了控制，只是因为血里的白蛋白低，还留在医院继续治疗。

这次见到病人时，不管是精神状态还是水肿的情况，都比我第一次看到他的时候好多了。询问了一下他女儿给他喂食的情况，我觉得回家更有利于改善他的低蛋白情况。我告诉他女儿：目前患者主要是营养的问题，回家比在医院对病人恢复益处更大，建议回家从饮食的内容、饮食量进行调整。家属接受了我的建议，而且96岁的老人听说能回家了，也很高兴。

很多时候，作为临床医生，不应该一天到晚就盯着那几张化验单和影像学报告。有时运用临床比较成熟的诊治经验，既可以节省医疗资源，也可为病人带来较大的获益。

今天在抢救室看到的第三个病人，男性，78岁，既往只有高血压，吃药不太规律，平时生活和活动都没有问题。来看病前，突然腿脚活动不行了，说话也不利落了，意识也不是太清楚，神经系统查体也支持"急性脑血管病"的诊断。

专科医生为病人做了头颅CT但不能确定有新发的梗死灶，就一定坚持再做一个头颅核磁来明确有无新发的病灶。如果以前医院没有CT或核磁设备，单从临床症状和查体这个病人的临床诊断无疑是肯定的。

我们也不能责怪专科医生的处理有什么问题，毕竟在现阶段都要强调证据，有了证据医患之间交流起来就比较简单，医生还可以保护自己，病人和家属也不会过多地怪罪。

现在衡量一个医疗救治过程的成功，不仅仅是医疗技术的先进，医疗救治能力的高超，还包括了医患关系的成功。美国医生阿图·葛文德在他写的《最好的告别：关于衰老与死亡，你必须知道的常识》一书中，把医生与患者的关系分成三类：家长型、资讯型和解释型。

家长型是最古老的，也是最传统的。医生是医学权威，目的是确保病人接受医生认为对他们最好的治疗。医生有知识有经验，负责做出关键的抉择。由于病人的医疗知识不多，他们的意见放在次之，有时甚至不考虑他们的意见。在当今"我的事我做主"的年代，这种家长型的医患关系虽然经常受到谴责，但目前仍然是普遍的医患交往模式，尤其对于易接受伤害的病人——虚弱的、贫穷的、老年的，以及所有容易听从指令的人。

资讯型的关系是，医生告诉患者事实和数据，其他一切由患者来做决定。这是一种零售关系，医生是技术专家，病人是消费者。医生的工作是提供最新知识和技术，病人的任务是做出决定。越来越多的医生喜欢成为这个样子，他们不需要对病人了解太多，而只对科学有充分的了解就够了。病人有很大的自主权，医生规避了很多风险。表面看，这是一个双赢的局面，犹如吃自助餐或进超市买东西。但看病和吃饭或买东西是不一样的。

解释型的关系是，医生的角色是帮助病人确定他们想要什么，并告诉你哪一种最能够帮助你实现优先目标。这是一种医生与病人共同决策的模式。它需要医生充分利用自己的临床知识，针对不同的病人群体，给予最适的医疗帮助。同时要关注病人对这种医疗帮助的反馈意见，再次给予商讨、调整，最后做出决断。它可能不是最好，但是最适合。

医疗救治的过程，从来没有最好，只有最适合。犹如一件东西坏了，即使修理得再好，也很难恢复原样。因此，对一位在什么事情上都抱有最理想化的个体来讲，医疗救治的选择有时是一个艰难的抉择。没有一位专业医生的指点，没有一位有责任心或敢于担当医生的介入，没有一位有爱心有同情心的医生推心置腹的交流，这些程序化的医疗过程未免感觉有些冷漠。

葛文德医生说："在某个时刻，医生需要帮病人权衡他们更大的目标，甚至质疑他们，让他们重新思考其考虑失当的优先选项和信念。"这种做法不仅是正确的，而且也是必需的。这些年来我自己凭着医生的良心，凭着对医学知识的掌握，在与病人和家属全面沟通的前提下，为病人的治疗做了不少的主。不管最后的效果如何，病人和家属都没有给予责怪，更多的是对我行为的认可。所以作为一名医生，只要从病人的立场出发，一切为了维护病人的利益，即使有些错误，也是会被理解和原谅的。在这里考验我们的是：善良和责任。

与北京积水潭医院共成长的30年

2016年1月28日

2016年的1月28日是非常普通的一天，北京轻度雾霾，白天大部分时间的温度都在0℃以上。

一早去了回龙观院区的急诊参加交班、查房，然后去重症监护病房（ICU）看一位几天前收治的危重病人。下午2点回新街口院区急诊，迎接卫计委李斌主任前来慰问急诊一线医护人员。下午4点再次回到回龙观院区的急诊参加一月一次的急诊科会。

一天的时间就在这些有意义或无意义的忙碌中流走了。

虽然人们每天都是在这样的工作和生活中轮回，但还是有一部分人愿意把今天这个日子记住，其中就包括我。

60年前的今天北京又有了一家新医院，名字叫北京积水潭医院。后来我的命运，我的事业与这家新成立的医院有了千丝万缕的联系。

今天在北京积水潭医院60岁生日的时候，聊一聊我与它走过的30年。30年的光阴，在宇宙的长河中，犹如沧海一粟，转瞬即逝。但30年对于一个个体生命来讲，已占据了他生命将近一半的时间。

回想刚从北京医学院毕业时的情景，24岁的我，当时还是那样年轻，那样青涩。穿上白衣，拿起听诊器的那一刻，连自己都怀疑：你是医生吗？你会给病人看病吗？你能肩负起救死扶伤的重任吗?

我最初的梦想是立志成为一位数学家,中国第二个陈景润,虽然我努力了,但是终究没有成功。现实离梦想差距很大。有天赋的差距,更多是努力不够的原因。

此后,刚成年的我开始了人生在专业上的第二次选择,误打误撞让我走进了学医这条路。

虽然学医不是我的初衷,但自进入北京医学院的第一天,我就开始拼命苦读,从不敢懈怠,心无旁骛地努力学习医学知识。然而,优秀的人太多,我的成绩始终只能在中下游徘徊。

我的实习医院是北京积水潭医院,在校本部结束了2年多的理论课学习后,就来到了这家位于后海风景区,在清朝贝勒府原址建立的一座花园式医院。

这又是一次命运的安排,小时候我家住北京站附近,在我记事以后,看病都是在家附近的医院,家人带我去过北京东城区儿童医院、北京同仁医院和北京协和医院。但不知为什么,当初母亲把我出生的医院选在了北京积水潭医院。

在我来到这个世界上,第一眼看到的环境就是北京积水潭医院,看到的人就是北京积水潭医院的医生和护士,当然景和人在那么幼小的年龄肯定是记不住的。

在定实习医院的时候还有段小故事。在校本部上理论课时,我们的辅导员是带北京大学人民医院学生实习的李老师。按以往的规矩是,我们的实习医院应该跟着李老师走,去北京大学人民医院。

但我们是3班,按上两届班级的说法是,所有3班都去北京积水潭医院实习,4班去北京大学人民医院实习,最后我们的实习医院就定在了北京积水潭医院。

是巧合还是命运的安排我真的很难说了,可能是老天希望我今后能在北京积水潭医院工作,以报答医院对我的生育之恩。

还好，虽然我不具备数学家的头脑，但我这个人并不缺少情感，个人素养也不是太低，关键是具备了一位临床医生所应有的爱心。

2年多的临床实习，与带教老师一起值班，一起管病人。为了有更多的时间与病人聊病情，帮助行动不便的病人干一些力所能及的事情，平素尽量少回家。

虽然那时还是一名小实习医生，但并不招带教老师和病人的嫌弃，有时还有病人愿意与我说说心里话。

2年多的临床实习，也渐渐地让我有了一些做临床医生的感觉了。特别是带教老师的鼓励，病人的信任，也增强了我今后做临床医生的信心。

人的命运真是不可捉摸，有的时候你觉得能把握住它，有的时候又无能为力，只有具备一颗强大的内心，才能面对命运给你带来反复无常的挑战。

毕业后被分配到了北京积水潭医院，那一刻，让我兴奋不已。要知道，当时留北京积水潭医院就意味着留校。同时医院科室门类齐全，重点学科突出，各临床科室都有叫得响的领军人物，人员梯队也合理。年轻医生中，师哥师姐占了大多数，加上好的地理位置，来北京积水潭医院参加工作是我们这些毕业生梦寐以求的选择。

但紧接着在分配临床科室时，我被分到了放射科。一盆凉水从头浇到了脚，当临床医生的梦想一下子就成为泡影。失望、郁闷、痛苦、彷徨，一下子不知道自己该怎么做了。

考研究生，出国都尝试了，但都是无功而返。2年的守望，2年的执着，自己还是挺过来了，最后终于如愿成为一名内科临床医生。

机会对别人可能是唾手可得，但对于我一定要倍加珍惜。2年放射科的工作，并不见得是时间浪费，但内科临床工作经验却比同年毕业的同学少了2年，临床经验是靠时间来积累的，所以我要抓紧时间迎头赶上。

做科学家,我的悟性确实差了很多,但作为一名临床医生的悟性,我自认为还是有的,加上临床实习阶段,带教老师的言传身教,精心培养,使我很快就熟悉了临床工作流程。

我对每一位病人都用心管理,用自己的爱心和同情心与每位病人进行沟通,以换位思考的方式,急病人之所急。

时间不久,在病人的眼里,我这位临床工作时间不是很长的小大夫,俨然已经是他们信得过的"老大夫"了。

1998年医院接受了北京市卫生局对西藏那曲人民医院的援藏任务,由于院领导和所在科室领导对自己工作的信任,使自己有幸成为医院3名援藏队员的一名。

高原缺氧对身体的磨炼,生活环境艰苦对意志品质的锻炼,使自己的人生经受了一次洗礼。看到藏区医护人员在那样艰苦的环境下坚守,使自己的心灵受到了一次强烈的震撼。

援藏期间,每天在克服海拔4500米带来的头痛、失眠、活动后气促等高原反应的情况下,尽其所能为当地医务人员授课、查房,帮助新建的监护病房的医生、护士学习和使用仪器设备。

返京后,还为当地的医生、护士寄去了专业书籍、心电图图谱、心电图手册和测量心电图的分规。

一个小医生,在北京积水潭医院这个大熔炉中,在一步步成熟,在一步步成长。这种成熟,这种成长,不仅仅是医术上的,还有思想上的,心灵上的。

人生,往往不在于最终的理想有多远大,而在于看清楚起点,在于能不能脚踏实地去付出和实践。

随着医院的规模逐渐增大,为了满足更多病人就医,更好地突出北京积水潭医院的特色，2002年6月，院领导派我和外科一位医生一起组建北京积水潭医院急诊科。

改建了急诊楼，增建了6间急诊手术室，其中有3间万级层流手术室，购进了先进的抢救设备和监护仪器，结束了10年来医院没有独立急诊科的历史。

医院急诊手术量达到了每年万人以上，在全国处于领先水平。我也从一名普通专科医生成为一名急诊医生，同时也开始学习做科室的管理工作。

急诊科不同于其他科室，它是所有急性病病人就诊的第一站，是医院的一个窗口。急诊科的管理质量和医疗质量反映了一个医院的整体水平，所以给科室的管理者也提出了较高的要求。

以前从来没有做过科室管理工作，经验几乎为零。为了尽快进入角色，我采取了走出去的原则，到其他医院的急诊科请教学习，从规章制度，到人员排班、科室文化和技能培训等——学习。

回到科室后，将其精华部分与我们自身的特色融合在一起，提倡宽松式的人性化管理，注意每位职工的工作细节，加强医务人员沟通能力的培养。同时把部分职工送到其他医院交流学习，参加医院之间的学术研讨会。

经过几年的摔打，科室在慢慢走向成熟，我也渐渐熟悉了科室管理者的角色。

2003年4月"非典"不期而遇，有生以来第一次遇到了生与死的考验。起初对呼吸道传染病的意识比较淡漠，所以没有料到"非典"来势汹汹，直到有一天一位"非典"病人死去，他的家人又有多位被传染上了，才感到疾病的严重性。

院领导把我抽到了发热门诊做负责工作，当时综合医院很少有呼吸道传染病防范意识，建制也不符合传染病的接收标准。

在院领导的大力支持下，不惜一切代价对现有的干部门诊进行改造，尽量让改造后的门诊就诊环境符合接收传染病条件的发热门诊。门诊的改造，临时厕所的搭建

都是一夜而成，这种工程速度以前从来没有见过。这时的"积水潭人"在非常时期，心往一处想，劲往一处使。

但看着改造完的发热门诊，仍然对它能否防得住"非典"的侵扰没有一点把握。手下的医务人员也像我一样，面对这突如其来的传染病，存在着恐惧、紧张和心中无底的感觉，我会被感染吗？感染后我会死吗？

当时的场景使我想起了电影《卡桑德拉大桥》，它描写了当时有一辆列车发现有旅客得了鼠疫，为了避免疫情进一步传播，当局政府决定将这列火车炸掉。会不会发热门诊就是这列火车？让我们与它共存亡呢？

以前从来没有想到做医生工作时，会有死亡的可能，但在"非典"最紧张的时候，"死亡"这个词经常在我的脑海里缠绕。可作为这个小团队的负责人，在面对大家时，还需保持镇静，不能流露出任何畏惧情绪。很快，"非典"这一仗我们打赢了。

这是国家卫生制度和应急机制的胜利，也是全体医护人员的无畏和坚守的胜利。自己经历了一场生与死的考验。一个人的成功不是偶然的，而是在经历过无数次的失败和忍受着可怕的痛苦中熬过来的。

2014年11月16日北京积水潭医院回龙观院区的急诊开业了，回想起当初2002年建科的时候，除了护士，我们只有两位主任，手底下没有一位急诊医生。所以当年院外专家来我们急诊科检查工作时说：你们急诊科就是两个光杆司令加上一些护士，所以不能算一个真正意义的急诊科。没有队伍，如何谈急诊科建设。

经过10多年的摔打，随着医院整体投入的增加，我们这个小科室，也有了长足的发展。现有医生近30人，护士100余人，总人数达到了130多人。

科室的业务能力、教学工作和科研水平，使我们跻身为全市16家急诊培训基地。30年来在北京积水潭医院这个大环境下，在几届院领导的信任和支持下，在各位老前辈们的扶持下，在科室同仁们的配合下，我从一名青涩、自认为命运坎坷的小医生，逐渐成了一名被全市急诊同仁认可的急诊专业人员，同时也积累了10余年的科室管理经验。

感谢磨难给予我坚强，感谢挫折给予我勇气。一帆风顺的人生不会精彩。把压力当作生命中最为本质的那部分内容，而不是当作突如其来的不速之客，就不会在重压下颓废、放弃。

生活就是这样，有痛苦也有欢乐。但痛苦多于欢乐，这才是生活的真谛。人什么都可以失去，唯有对生活的信念和勇气不能失去。做人要善良，这是人一生中最重要的美德。善良，是做好医生的基础。

有善良，内心才能平静如水。55年前上天让我在北京积水潭医院出生，从那一天起，我有了生命。有了生命，使我有机会体验了人世间的酸甜苦辣。

这种体验，锻炼了我的意志，也给了我自信。世界始终是公平的，我们能得到多少，取决于我们曾经付出了多少，所以我要用对工作的爱来报答给予我生命的人。

再读《当我谈跑步时，我谈些什么》有感

2016年3月20日

北京的3月份，是非常好的跑步时间。气温在10℃上下，风力也不是很大。如果没有雾霾的侵扰，我会天天去跑。

从开始到现在，我已经坚持跑步10年了。

这几年，跑步成为一种时尚。全国各地都在举行马拉松比赛，越来越多的人参与到跑步这一活动中来。

我在2015年末，把跑步的距离从4千米提高到10千米，为了有朝一日也可以体会一下跑马拉松的感觉。真没想到在短短的几个月，我已经完全适应了10千米。

现在朋友圈里有不少关于跑步会给人带来益处的各种文章，有些是身临其境的人有感而发，写得比较真实，有些则是追求时尚的人夸大其词。但是我确实实实在在感受到了跑步的好处。我的体能和腿部肌肉得到了加强，人的精神状态也有了很大的变化。

虽然有了10年的跑步经历，但我还不能算严格意义上的跑者，因为成绩一般，但起码能称得上跑步爱好者。随着年岁的增大，时间对我来说，是越来越紧迫了。回首过去，感叹很多事情都没有做好。工作忙忙碌碌，生活也无章法。我坚信人生不会轮回，现有的科技手段也无法证实人死了以后，肉身没了，意识还会存在。唯有在有呼吸

和心跳的时候，抓紧时间做些有意义的事，这才能让我们在告别人生的时候，少一些后悔，少一些遗憾。

10年的跑步生涯，我的身体、精神、心灵都经历了一次又一次彻底的洗礼。跑步前后的我，是全然不同的我。这种脱胎换骨的变化，是在学校学不到的，也是在工作中体验不到的。虽然跑步占用了我每天1个多小时的时间，但它让我学会了思考，懂得珍惜生命中的每一刻，真真切切地感受到了痛苦和快乐是一对孪生兄弟，悟出了凡事要想成功，唯有坚持的道理。

自从跑步后，我喜欢读与工作无关的书了。短短几年，我读的书比之前几十年加起来的还多。我尤其爱读与跑步有关的书，日本作家村上春树写的《当我谈跑步时，我谈些什么》，我反复看了好几遍。

我并不是想借名家来炒作，显得自己多么有学问，而确实是喜欢作者讲的每一件事、表露的每一个想法、悟出的每一个道理，真真正正地与书中表达的思想产生了共鸣。

跑步本应是人的一种本能。但在长期进化过程中，人类已经站在食物链的顶端，再加上科技的飞速发展，人类的活动方式慢慢由跑变成了走，由走变成了坐。而跑，已经成了有意而为之的事了。

不跑了也就跑不动了，跑不动了，就开始坐着了。结果坐着坐着就把人坐胖了，躺着躺着人的思想就枯竭了。身体垮了，大脑迟钝了，人的生活也就变得懒散，没有了追求。

村上春树说："只要跑步，我便感到快乐。在我迄今为止所养成的诸多习惯里，跑步恐怕是最有益的一个，具有重要意义。我觉得由于20多年从不间断地跑步，我的躯体和精神大致朝着良好的方向得到了强化。"

一天24小时，而跑步只占用一个多小时。在这一个小时的时间里，人们忘掉了工作中的烦恼，躲开了生活中遇到的各种无奈。一个人面对真实的自己，可以什么也不想，也可以天马行空，想到哪是哪。

哲学家说，独处是一种能力。在没有跑步之前，很难理解这句话的含义。跑步之后，我理解了。跑步享受的是一个人独处的时间，这也是一个人与自己心灵对话的时间。在跑步时思想是活跃的、积极的、乐观的、专一的。

每次跑完步，我都会一个人在操场上走一走，想一想，这是一种放松，更是跑者追求的一种境界。"希望一个人独处的念头始终不变地存在于心中，所以每天跑一个小时，来确保只属于自己的沉默时间，对我的精神健康来说成了具有重要意义的功课。至少在跑步时不需要和任何人交谈，不必听任何人说话，只要眺望周围的风光，凝视自己就行。这是任何东西都无法替代的宝贵时刻"。

记得10年前开始跑步的理由很简单：一是当时跑100米的惨状刺激了我，迫切地想改变身体的状况；二是家距离一所大学的体育场很近，有很好的跑步条件。有想法，又有便利的条件，于是跑步这项运动被我坚持了下来。这一坚持，就是10年。

村上春树在书中谈道："跑步进入我的日常生活，那时候我33岁。"当时村上春树刚刚成为职业小说家，对他来讲首先面临的问题是如何保持身体健康。每天从早到晚伏案写作的生活，让他体力逐渐下降，体重开始增加。并且因为高度集中精力写作，让他不知不觉抽了过量的香烟。那时候他每天要抽60支烟。

作为小说家，要健康度过今后的漫长人生，村上春树就必须找到一个既能维持体力，又能将体重保持得恰到好处的方法。每天跑步开始进入村上春树的日常生活，到如今"跑步如同吃饭、睡觉、工作一样，被组编进了生活循环"。

其实跑步本不需要那么多理由。找回做人的本性，保证一个健康的体魄，从而有一个可靠的谋生基础，这才是大多数跑者的初衷。

现在，有些人把跑步妖魔化了。他们认为靠跑步可以练就一副魔鬼样的身材，殊不知人长得什么样，那是由基因决定的；还有的人把跑步当成了时装发布会，认为跑步就是追时髦，秀服装，比出镜率，这是投机分子，并非真正的跑步爱好者。

现代科技已经让这个世界越来越不需要人的两条腿了，汽车可以把人送到大街小巷，飞机可以把人带到世界各地，宇宙飞船可以把人载到更远的月球。

但我们要记住，人的基因决定了腿是用来走路和跑步的。工具不使就会生锈，房子不住就会老化的快，两条腿不用就会出现健康问题。

以前觉得自己每天跑上4千米就是一件很不简单的事了，从来没有奢望还要跑得更远。自从开始每天10千米跑步后，我又重新认识了自己。人的潜能是无限的，永远可待挖掘的，与年龄无关、与学历无关、与职业无关。"独自跑完100千米究竟有何意义，我不得而知。然而，它虽不是日常为之，却不违为人之道，恐怕会将某种特别的认知带入你的意识，让你对自身的看法中添加一些新意。你的人生光景可能会改变色调和形状—或多或少，或好或坏。"我认为这种认知力是一种意志力和坚持，更是对人生一种豁达的心态。

所有的跑者都会有跑不动的那一天，就像所有的生物都会走向死亡一样。但跑步不仅仅是行使动物的本能，更是一种心灵上的朝圣。

跑步深化了跑者的思想，让他们变得更加宽容、更加进取、更加乐观，让他们明白要想实实在在地掌握什么，肉体的疼痛必不可缺。如果有一天跑不动了，他们也不会遗憾。停止的只是肉体，心灵上的彻悟，将伴随他们一生。

跑步的"苦"

2016年3月21日

跑步之所以难以坚持，大部分原因在于它所带来的"痛苦"。

那种撕心裂肺的心跳和呼吸，会有濒死的感觉；那种乳酸堆积导致肌肉的酸痛，会有把腿锯掉的冲动。客观地讲，这确实不是一个很愉快的体验。但我们要知道，这些只是生理上的痛苦，咬咬牙坚持下去，它就不会对我们的工作和生活产生任何影响。

大家都经历过生病。发热也好，肚子痛也罢，同样也是一种痛苦，即使再坚强的人，遇到这种痛苦，也只能躺在床上休息好几天，等待痛苦慢慢消失。这是病理上的痛苦。

与病理上的痛苦不同，生理上的痛苦是暂时的，是人类适应大自然的一部分。它的结果是美妙的、无害的。

所有的跑者都会有这样的"痛苦"经历。记得刚开始跑步的时候，别说跑几千米，就是跑几百米，也是气喘吁吁，心脏蹦个不停。即使我已经有了10年的跑龄，可每次在跑的过程中仍然还会出现上气不接下气，双腿犹如灌了铅似的感觉。

村上春树从33岁开始跑步到现在，已经跑了几十次的全程马拉松，一次100千米的超级马拉松，无数次的铁人三项赛，但在描写他当初跑步时的情景时，是这样写的：

开始跑步之后，有那么一段时间我跑不了太长的距离。20分钟，最多也就是30分钟左右，我记得就这么一点点，便气喘吁吁地几乎窒息，心脏狂跳不已，两腿颤颤巍巍。

身体是世上最自私的法官，它认为跑步对自己有利，就给予重奖，让它健康、让它长寿。同时身体也是最公平的法官，既然跑步让你受苦了，就动员大脑多分泌内啡肽，让你在受苦后收获更多的快乐、兴奋、愉悦。反之，这位法官厌恶不动和久坐，它就对不动和久坐的身体给予重罚，让它笨拙、让它生病。

痛苦是每个人都不喜欢面对的感受。但跑步带来的"痛苦"不一样，不会一直痛苦下去，等你的痛苦过了一个临界点，就开始转化，成为快乐。好多事情是先苦后甜，而且甜得长久。

跑步带来身体的变化是一个细水长流的过程。起初确实让人感觉很不舒服，但持之以恒，身体的变化就会越来越明显。气喘匀了，心跳慢了，肢体的肌肉强壮了，人也变精神了。一旦由身体的变化，进入到精神的变化，跑者的地位也就可以确定了。有人认为跑步是一个开闸放水的节奏，三天打鱼，两天晒网，这样的人会永远在痛苦的漩涡里打转转。

祖先的基因决定了我们都是天生的跑者，无人例外。

以前我手无缚鸡之力，四肢瘦弱，胸脯扁平，看不出有任何运动天赋，但是老天还是没有忘记把跑步的基因编进我的DNA。如果没有祖传的这种DNA，相信不管我多么努力，我也不可能一口气跑下10千米，也不会跑出4分52秒的配速。

跑步不是搞艺术。搞艺术需要天赋，那是少数人的事。如果老天把艺术基因都给了所有人，世上哪还有什么李苦禅、张大千、帕瓦罗蒂、多明戈，大家都是艺术家了。

以前由于全国的马拉松比赛才几百人参加。现在一个小城市举办的马拉松比赛，少则上千，多则上万人参赛，可见跑步是一项门槛很低的运动。只要忍过去最初的"痛苦"，人人都有可能站在马拉松的起跑线上。

除了跑步之初生理上的苦以外，跑步还会遇到时间上的苦。以前人类靠跑与其他动物争夺食物，那是你死我活的竞争，谁先抢到食物谁就可以生存下去。所以人类将所有的精力和时间都用在了跟动物抢食物上。可以说，跑步是别无选择的事情。

现在物品丰富了，人类不需要再花时间跑着去与其他动物抢食物了，慢慢地就把时间转移到其他"更有意义"的事情上去了。政治家忙着管理国家，科学家忙着搞科研，老板忙着挣钱，小老百姓忙着上网看微信，人们很难再抽出时间光顾跑步了。

作为小老百姓的我，也经常上网看微信。突然有一天，我在微信看到作为政治家的美国总统布什也在跑步；作为科学家的钟南山也在锻炼；作为老板的Facebook总裁扎克伯格到任何地方出差，也会找时间跑步。

我有些惊愕，随后也释然了。有没有时间是相对的，忙不忙也是相对的，聪明的人总会把时间用在最合适的地方。

这样看来，做什么事，时间不是问题，理念才是最重要的。

跑步是"痛苦"的，既有躯体的难受，又有时间的紧张。但跑步又是快乐的，既有身体的健康，又有心情的愉悦。

对苦与乐的理解

2016年4月1日

人活着就是一个苦一个乐，而乐又是靠苦衬托出来的，因为没有苦就不知道什么是乐，乐有时很虚，而苦是实实在在的。

所以人的生活是不可能没有苦的。俗话说：苦中有乐；苦尽甘来。人在出生的时候，不管是顺产还是剖宫产，都是哭着从母体里出来的，姿态没有一个是优雅的、好看的。

不管是伟人还是科学家，来世做的第一件事都是哭，哭和乐比较，肯定不是一种好的感受。

人在离世的时候，不管是因病走还是无病而终，都不会有像吃了一顿美餐那样的愉快感。或轻或重都会有挣扎，都会有痛苦。

这样一看，人的一生，从一来到一走，或是从一头到一尾，都是苦开头，苦结尾。没有苦的人生，注定不是人生。没有苦的经历，自然没有乐的感觉。

好多人一生就想追求快乐，不愿意经历痛苦，想必这种人的脑子一定是出了毛病，因为在这个世界上从来就没有不吃苦就享乐的好事。

拿人的身体来说，经常活动，规律饮食，正常休息，对健康是一件很好的事情，但许多人难以做到。因为它限制了人由着性子干事，并且经常运动还会产生生理上的痛

苦，如气喘吁吁、四肢肌肉酸痛等。

所以想要身体健康，首先就要面对痛苦。当医生的都知道，过分追求生活中的安逸、不节制、不运动就会得病，任何疾病都是痛苦的，因为它引发了机体的病理生理的改变。病人在得病期间，会感到躯体不舒服，心理也难受，吃不好，睡不香。

它与那些因运动或劳动带来的身体不适或疲劳是不一样的，后者是机体适应自然所产生的一种生理变化，包括心率的增快、代谢的增加、乳酸的堆积等，虽然它们也产生痛苦，但这种痛苦只局限于躯体，是暂时的，并不会对心理产生不适，相反，经常运动还会愉悦心情。

生理上的痛苦是人适应自然必须要面对的。也只有经常感受生理上的痛苦，才能保持身体有一个健康的体魄，避免或减缓身体发生病理改变，也就是少得病。

运动苦不苦，不管是让职业运动员回答，还是让喜欢运动的体育爱好者回答，都会说苦。但并没有因为这个苦，运动员不再训练了，体育爱好者不再运动了。其中的原因就是，苦后有乐。每位喜欢运动的人都知道，用运动的苦，换来的身体的强壮和精神的健康，是人生中最值得做的一笔买卖。比股票赚了几十万，炒房赚了几百万都值得。

人们都推崇"少花钱，多办事"的理念。在运动保健康这件事上，这句话能得到最好的诠释。人们投入到运动中的是花钱少的痛苦，而得到的是花钱买不到的大健康。经受疾病带来的痛苦，不会有快乐。感受运动带来的痛苦是健康，健康意味着快乐。

苦中有乐，才能其乐无穷。一旦反着理解，就是乐极生悲。凡事老想着以乐开头，以无痛苦开头，最后都不会有好结果。在急诊科经常会见到这样的病人，之前一顿接一顿美餐，大吃大喝，饮食不节制，最后引发急性胰腺炎或急性胆囊炎或消化道大出血被送到了医院。

更可悲的是，过度饮酒后呕吐导致呼吸道窒息，如不能及时发现，人直接就去了另一个世界。享乐虽然使人愉快，使人向往，但切不可贪多，切不可过度。每天坐在沙发上，品着茶，吸着烟，看着激情澎湃的电视剧，确实很悠闲，既舒适又无痛苦，短时间让人觉得这是神仙过的日子。

时间久了麻烦就出现了，人胖了，腿软了，心肺功能下降了，血糖也高了，失眠抑郁也都会伴随而来。最可怕的是人的思考停滞了，人的思想也枯竭了。做事不可背道而驰，开车跑到逆行道上，肯定会出人命关天的交通事故。

没有苦，光有乐的人生肯定是虚幻的。人们都说穷人的孩子早当家，不是说穷人家的孩子有多么聪明，而是穷人家的孩子很早就开始体验生活中的苦。

有苦才懂得努力，有苦才知道改变。这一道理认识的早，早成才，认识的晚，晚成器。人的本能是不愿意吃苦的，少动为好，但人的身体是不愿意停下来的。聪明人会顺应身体的召唤，而自做聪明的人只会听从本能的指引。

聪明人知道苦与乐是一个身一个影，苦是身，乐是影。先有身，后有影，那就是说先有苦，才有乐。

生活中没有苦不行，但苦太多了，也容易磨灭人的锐气，丧失进取心。苦大了就会仇深，不能自拔，一生也没寻到快乐。每个人都有自己对应的苦，有对应的苦就有对应的甜和乐。

我不具备运动员的天分，再经过什么样的魔鬼训练，都不可能会得到夺冠的喜悦。当年高考想进入北大数学系，课补了不少，习题也演算了许多，苦倒是受了，但离快乐还有十万八千里呢。人在什么时候都不能没有思想，在苦与乐这件事情上同样要动脑筋。

做任何事都要量力而行，没有这金刚钻，就别揽这瓷器活。好高骛远，很难成事。拿我跑步这件事来说，当初定在每天4千米，是有一定痛苦的，记得在状态不好的时候，有时也跑不下来。但坚持了几年，吃了一些苦，身体状况改变了，自信心提高了，4千米跑就不是高不可攀了。现如今每天跑10千米，开始也是有些犹豫，还好有9年的跑步经验，之前也做了充分的准备。虽然经历了撕心裂肺、双腿灌铅似的痛苦，但还是实现了目标了。

最近有朋友动员我去参加马拉松，我想那不是我的菜，年龄大了，体力也有限，如果再加大运动量就会得不偿失。用苦换不来乐，我就不做了。

人的一生在苦与乐中挣扎、徘徊、进步，最终到达生命的终点。苦是不可避免的，乐只是短暂的。有时有苦可以有乐，有时有苦，但迈不过去苦，也就换不来乐。

如果反过来，先要享受快乐，那种乐一定都是虚幻的、短暂的、不切实际的，而且祸就在享乐的身边。

梁启超写道："大抵天下事从苦中得来的乐才算真乐。人生须知道有负责任的苦处，才能知道有尽责任的乐处。这种苦乐循环，便是这有活力的人间一种趣味。"

所以，如果人想要活得真实一点、聪明一点，就要与苦相伴，懂得先苦后乐。

我在56岁的生日想到的

2016年4月14日

今天是我56岁的生日，这个年龄多多少少显得有些尴尬。

没有了小孩子和年轻人过生日的热情。吃块蛋糕，和朋友吃一顿饭，已经吸引不了我对过生日的向往。当然也更体会不到像上了年岁的老人在过生日时，把子孙后代聚集在一起，那种其乐融融的感觉。

56岁年轻吗？当然不年轻，它是一个过了半百的年龄。如果我是位女性的话，今天可能就会安享退休生活。

说老了吧，可心里接受起来总是有些别扭，昨天还在体育场一口气用时一个半小时跑了17千米。遇到了陌生人有人叫爷爷、有人叫叔叔、有人叫大哥，这就是我这个年龄的尴尬。

年龄确实是定义一个人从出生到老的一个客观指标，但因为有"未老先衰"和"老当益壮"这些成语，如果一味用年龄来评判一个人的年岁的话，未免有些僵硬，甚至还可能有些不科学。

"人生如戏"这句话我比较喜欢。随着出生时，我们第一声啼哭的开始，每个人就已经成为人生大舞台的一名演员了。所以不管你自己想不想，不管你长得什么模样，当然更不需要考试，你就可以在这个世界上尽情地展示你的十八般武艺了。

　　这个舞台没有年龄的限制，有的只是你的人品、你的思想、你的追求、你的超越和你的健康。每一个人不管年龄如何，都可以成为一名出色的演员，被世人永远记住；也都可以成为一名蹩脚的演员，在人生的舞台上，匆匆闪过。

　　生理年龄决定了我们什么时候开始上学，什么时候可以结婚；但它告诉不了我是否已经成熟，影响不了我对是非的甄别，也驾驭不了我对人生观的把控。

　　56 岁看似不小了，人间的悲喜剧看过很多也演过不少。但真不敢说我的思想成熟了，许多事情已经悟开了，本职工作的技能已经掌握了，人生舞台的角色都适应了，各方面的学习可以到此为止了。

　　而恰恰是有些事情才刚刚接触，有些工作刚刚起步，有些兴趣刚刚培养，有些想法刚刚开窍，有些能力亟待提高，有些经验需要验证。既然不以生理年龄论英雄，那么一直到生命终结，人生这出戏什么时候开始演都不算晚。

　　许多时候说人老了，其实不一定是年龄老了，而是心老了。人的生命力就像一根皮筋，没有外力的作用，它永远都喜欢蜷在一起。而有了外力，它会随着外力的增长而不断延伸，这个外力就是我们自己的内心。

　　从这几年的跑步锻炼中，已经真实地感受到了这种来自内心的力量。10 年前，每天跑 4 千米，以后开始跑 5 千米、10 千米，最近有一天跑到了 17 千米，虽然有体能的支撑，但更多时候跑下较长的距离是来自内心的坚持。每次长距离的跑步，对我来说都不是轻轻松松。

　　但只要心里想着不放弃，无一例外都会顺利地闯过生理的极限。每次完成超越后，又都会给自己下一步的努力定下新的目标。

　　周而复始，使一次次不可能成为可能，新的目标一个个被树立，接着就是继续突破。回过头一看，虽然生理年龄在一天天的增长，但心理年龄却越发显得年轻。自信心没有随着岁月的流逝而下降，对人生思考的脚步也一刻没有停下来。人变老，但心不能变老。它是希望、是寄托。

年龄大了，疾病开始找上门来。但有时会发现，许多病是与心理的不健康密切相关。现在人们对空气中的雾霾都觉得很可怕，实际上心里面的雾霾才更加要命。

心里的雾霾包括：头脑的思考渐渐地停了下来，对一切事情听之任之，对世界的感知悲观多于乐观，对超越自己的自信心没有那么强了，对生活中的乐趣没有那么浓了，整天数着生理年龄度日，而对死亡既怕又无可奈何。

这样一来，时间或短或长，人就会愈发迟钝，步伐越走越慢，睡眠越睡越短，饭量越吃越少，体重越养越轻，脾气越待越坏。先是心理病，后是躯体病，外加免疫失衡，营养失调，从此人们就走进了身体不健康的怪圈再也拔不出来。在人生这个大舞台上，许多人过早地谢了幕，成了一名蹩脚的演员。

人生的意义，不见得是做了什么惊天动地的伟业。

一个人的力量其实很渺小，成就的取得一定是个人积极向上的心态和团队的共同努力，也就是天时地利人和。心态决定了人生的意义，它应该与年龄无关。

好的心态，自然使人生充满了活力和幸福。它让人变得平和、变得谦虚；它不会给人咄咄逼人的感觉，也不会让人觉得虚张声势；好的心态是学来的、是修来的，它不会凭空而降。人生的悲喜剧与外人无关，因为我们既是演员又是导演，戏演得好与坏，全凭我们自己的智慧。

人生固有长短，人无从把控。但追求美好的人生是每一个人的愿望。要想在有生之年活得有品、活得快乐、活得健康，需要每个人都要对自己的人生做一个思考、做一个定位。

世上没有一模一样的人，也就不可能有一模一样的人生。

　　人无法选择自己的父母，但可以选择自己的人生。

　　年岁不是幸福的绊脚石，但无思想、无思考、无追求、无品味、无超越、无健康的人生注定是不成功的。

跑步不只是跑，还有更多的给你

2016年4月17日

要说在运动里，跑步应该是最简单的了，几乎所有的人天生就会，技巧远没有中国人的国球——乒乓球复杂。而且不限年龄、性别、身体状况——老少皆宜、男女都可、胖瘦随意；对场地的要求也不高，只要不是马路中央，都可以成为跑步的场所；对着装也没有限制，即使打着领带，穿着皮鞋，也可以跑上几步。

所以对于跑步这项运动，按理论上来讲，你想拒绝它都找不到借口。虽然这些年跑步的人越来越多，万人以上的马拉松全国各地到处都在办，可对于一个13亿人口的大国来说，真正参与跑步的人还是少数。

许多人会理直气壮地说没有时间跑步，这话我信。但我更相信每天下班到饭馆聚餐的人，要比跑步的人多得多；每天花费大好时光看那些垃圾视频的人也不在少数。

当然还有一些人会说，跑步对关节不好。我相信他们说这话的时候是认真的。但我还是想再强调一遍，跑步是人的本能。人类的关节、韧带、骨头、肌肉和关节液的设计，已经考虑到了人要跑步这项要求。跑步使肌肉和韧带变得强大结实，使关节液分泌增加，这些无疑都对关节和骨头起到了一个很好的保护作用。我还没有听说过谁喝水呛着了，就不喝水了；吃饭噎着了，就不吃饭了。人的先天本能对身体有利有弊，而且往往利大于弊，不能只谈弊，不说利。

　　找了这么多的理由和借口，其实大家都明白，不想跑步的根本原因，是怕吃苦。

　　我天天跑步，当然能体会大家对跑步所畏惧的苦。最初跑步时，我心跳加快上不来气，腰酸腿痛上不了楼。现在这些苦还陪伴着我，只是程度比当初好一些了。因为跑步是人的本能，随着跑龄的增长，体能也会随之增加，我们的身体是能胜任长距离奔跑的。唯一做不到的就是意志力。如果说跑不下来，那就是意志力出了问题。

　　意志力也许有一些天生的成分，但更在于后天的培养。

　　人都会有惰性。一旦我们坐在沙发上或躺在床上，品着茶，看着电视，这时候谁要是提议让我们出去跑步，而且能成为事实，那难度是相当大的。

　　所以对于初级跑步者，首先应该培养的是意志力，而不是训练能跑多远。能让自己从沙发上站起来，走到跑道上，即使只跑上400米，那也算是成功了。如果持之以恒，那跑步带来的，不仅是身体的强壮，更是一种精神的升华和对生命的顿悟。

　　意志力会在一种不知情的状况下得到提升。最初我只是把跑步当成一种锻炼身体的方式，后来发现它不止于此。人虽然不愿意吃苦或者说怕吃苦，但人在江湖飘，哪有不挨刀，真碰上了绕不过去的苦，大多数人都不会逃避。只是每天主动去吃苦的人，就真的不多了。

　　我很认可王石写的一段话：我们不去健身是因为感到不舒适，但是如果每次有意识地让自己承受一些不适，会逐渐提升自己的忍耐力。

　　我当初把跑步坚持下来，也是费了一番周折。我很清楚跑步对健康有很大帮助，但这个想法只是停留在理论层面，短期内无法看到实质的好处。倒是麻烦事、苦差事一个接着一个，以至于以往的生活规律全都被打乱了。因为跑步，有些饭局就不得不取消；平素坐在沙发上把电视节目浏览一下，遇到喜欢的现场直播的体育比赛，立即欣赏一番，现在也只能看回放了；跑步与晚饭的冲突也是一件常事，跑前吃饭，影响跑步

的感觉，跑后吃饭，又会把时间拖得挺晚；"少跑几次也不会有什么影响"的念头，也在天天缠绕着我。如果没有一点忍耐力和意志力，很难坚持下去。

好在自己不是在温室里长大的，从小到大也经历了许多磕磕绊绊的事情。虽然我表面上看起来弱弱的，但内心深处也有一股不服输的劲头，认准的事从来不会随便放弃。当然我的职业也告诉我，世上没有一蹴而就的"灵丹妙药"，时间才是治疗许多疾病最好的药。

坚持变成了习惯。

有些人说我得了跑步强迫症，我说不是。因为强迫症是一种病态，而我只是把跑步融入了我的生活中。我每天的生活就是吃饭、工作、跑步、睡觉。"一旦养成习惯，我们会依赖于这种不适带给自身的有利刺激，让自己感到更有活力"。

跑步是精神救赎的工具，它促使我读书，促使我思考，它让我有勇气动笔记录生活中的一点一滴；跑步给了我与大自然更多亲密接触的机会，让我有机会细细品味空气、风、温度带给人身体那种不可言表的细微变化，看云朵漂移，太阳时隐时现，月亮一会儿与星星对视，一会儿又不知跑到了哪里。

韶光易逝，世事多变，把握当下，方为智者。

我记不得在跑道上跑了多少千米，这对于我来说，只是一个数字，没有任何生命力。但我却很珍惜在跑道上的每一次超越，每每这个时刻，我都会用手机和微信把它记录下来，证明我真的一次又一次战胜了自己。

人的能力终会随着生命的有限而变得有限，但在有生之年，我们很难找到人的能力的极限点。只有不断挑战自己的极限，才能让我们在有生之年把自己的能力发挥到极致。

我感觉跑步是一种非常好的挑战自己身体极限、心理极限和对未来憧憬的方式，它证实了我身体健康，心理强大，对未来抱有符合实际的幻想。

不论四季如何变幻，只要跑道能够正常使用，我都会去跑步。只有这个时候，我才能知道是阳光好，还是月光佳；是春天美，还是夏天爽；是强风吹好，还是微风拂面优。我看到云彩聚了又散，散了又聚；察觉到太阳光线由强变弱，又由弱变强；感受到风一会儿推着我跑，一会儿又拦着不让我跑。同大自然一起跑步，你就能感受到它无穷的变幻。

有人相信跑步能治疗抑郁症，就像有些人相信吃黄花菜也能治疗该症一样。我不是精神科医生，没有深入研究这个问题，也没有掌握科学的实据，不敢妄下断言。

对我来讲，在跑步的开始肯定感觉不太舒服，一旦过了"撞墙期"，人就处在了一种精神高度兴奋状态，就会胡思乱想。但这会儿想的都是高兴的事，鼓舞人心的事，即使想到了死，也是一种幸福的死。由此带来的这种愉悦感，会持续几个小时。

当这种愉悦感完全消失的时候，你的下一次跑步又开始了。所以跑步能不能治疗抑郁症都没关系，但它确实能让你连续好几个小时都处在开心的状态，有这就足够了。

反复写跑步的感受，可能也是受内啡肽的影响，欲罢不能。

既然干什么事情都要花时间，我个人觉得把时间花到跑步上的性价比最高。政治家在跑步，企业家在跑步，各行各业都有人参与跑步。这说明跑步不仅仅是跑步，它还可以带给你更多的东西，这些东西包括但不限于健康，还有意志力，还有思考、自信、乐观、向上、进取和拼搏。

我的半程马拉松由来

2016年4月29日

　　4月17日，天气非常好，碧蓝如洗的天空中偶尔飘过几朵白云，阳光肆无忌惮地洒满大地，晒在身上暖洋洋的。北京的四月，春光大好，花开正艳，红的、粉的、黄的。玉渊潭公园的樱花此时开得正盛，一阵风吹过，树下便下起了樱花雨，花香四溢，周围的空气都变成了香甜的。有些地方还引进了南方的油菜花，放眼望去，金黄一片，好一派繁花似锦繁忙热闹的景象。

　　今天温度也合适，20℃上下，既不感觉热，也不觉得凉。整个京城突然从冬日的沉睡中苏醒过来，焕发出勃勃生机。我拿起相机，随手一拍，张张都是风景大片。我担心眼睛和大脑记不住繁盛的春景，便用图片和文字记录了下来，留待日后慢慢品味。

　　上午从朋友的微信里获悉，此时北京市体育局正举办着从天安门到奥体中心的全市半程马拉松（半马）比赛。能在这样大好的天气里参加这样的活动，总算没辜负老天爷的一片好心。

　　8天前我也尝试跑了一下15千米，总体感觉身体还能适应，但并没有考虑在短期内跑一个半马。古人诗云：暖风熏得游人醉，只把杭州做汴州。今天我也被京城的大美天气熏得有些陶醉，再加上几位熟悉的朋友不约而同参加了上午的半马，而且顺利地跑完了全程，脑子里猛地窜出了"今天我也要试一试半马"的想法。

我被自己突如其来的想法吓了一跳。人不管到了什么年龄，心血来潮、一时冲动的行为总会有的。但聪明人就会克制住它，智慧人就会理性思考它，从长计议。我既不聪明又不智慧，冲动的心情迟迟不能平复。

上午到机场把大舅哥送走，中午与值班医生交流了一下复苏病人的治疗，下午到父母家看望了一下双亲。

每个人都会有不同身份，需要扮演不同的角色，对社会、对家庭必须尽到自己的责任。我也不能例外。

接近傍晚的时候，终于有了自己的时间。我迫不及待地回家换上运动装到了体育场。天空依然是那样晴朗，云朵也没有中途退场，只是显得没有白天那样充满活力，但这丝毫不影响我心里那颗想征服半马的决心。

有时想起来挺可笑，一个活了半百的人了，怎么还跟一个愣头青似的，想起一出是一出。虽然我说过，在有生之年很难看到自己做事的极限，因为人的潜力巨大无比。但人随着年龄的增长，在运动方面的潜力是往下走的，极限更不会被无止境地突破和刷新。

今天上午的北京那场半马出现了大家不愿意看到的一幕，一位小伙子在18千米处，猝然摔倒。好在救治及时，小伙子没事了。

这样的意外事件听多了，许多朋友包括家里人也都劝我，跑得差不多就行了，不就是一个锻炼身体吗，要是过度反而影响了健康，那就得不偿失了。我心里也不愿意因为锻炼倒在体育场的跑道上，毕竟生命对谁都只有一次，我与其他人一样，非常珍惜它。

但是跑步或锻炼到了一定境界，它就不仅仅是锻炼身体了。

今天一位朋友找我咨询。他今年48岁，打羽毛球10多年，一次打球的时候把肩关节的肌肉拉伤了。养了一段时间好了，他又继续打，但留下了后遗症——经常会出现肩关节疼痛。别人让他换一种锻炼方式，他不愿意。他说打球已经成了他生活中的一种习惯，不打球心里和身体都不舒服。而且一到球场就什么都忘记了，包括伤痛，想到的就是劈杀、吊扣和争胜。这位朋友咨询我能否把羽毛球这项活动一辈子打下去。

如果我没有经历过跑步，也许我就不会理解眼前这位朋友冲动的想法，而正是因为有了这10年的跑步经历，我也希望跑步能陪伴我一生。它让我像一个愣头青一样，把年龄不当年龄，忽视了什么是岁数，摽着膀子跟年轻人一块儿往前冲。

我在操场跑步的时候，从来不跟任何陌生人打招呼。但我能读出那些经常来操场跑步的人看我的眼神：这是哪来的这么一个瘦老头，跑起步来还挺带劲。

跑步让我有了活力，虽然年龄给了我一些成熟的思想，但跑步使我心态年轻。所以跑了15千米才有8天，我就异想天开地想要跑半马了。

因为已到了春季，温度徘徊在20℃左右，所以，我准备穿着短衣短裤来完成我的第一个半马。为了避免其他跑者的干扰，我把跑道选在了最外道。现在我对配速掌握的比较好，只要知道了第一个1千米的时间，前5千米的时间就基本清楚了。

据说控制节奏是一个长跑者最基本的素养，这样既可以节省体力又可以跑得更长。以前看那些马拉松跑者跑的那样自如，并且在最后时刻还有耐力冲刺，总觉得有些不可思议，也不知他们是练出来的还是天生的。今天我才知道只要坚持锻炼并掌握一些技巧，我也可以做到游刃有余。

前5千米是我的"撞墙期"，跑过了这个距离，心肺状态就比较稳定了。如果跑10千米，我这时就会开始把配速提高一些，但因为跑第一个半马，心里没有底，我继续保持5千米的配速。虽然天气很好，但体育场跑步的人不是太多，这也正是我所希望的。人多会把节奏搞乱，也会干扰跑步的视野。

听着音乐，有时闭一会眼睛，有时漫无边际想一些杂事，想到我即将要创造新的纪录，不由地兴奋起来。身上的汗水渐渐多了，风迎面吹过，感觉异常凉爽宜人，犹如给了一支兴奋剂。嘴很干，但我没有中途喝水的习惯，所以没有感觉很难受。我习惯每次跑完步大喝一通，一次喝足1000毫升，当然也许这不科学。

10千米后，我的配速快了一些，腿也有些疲乏，但咬咬牙还是问题不大，因为这个时候不是拼体力而是拼意志力的时候，所以只要有跑下去的信念就可以。

过了15千米后，心里开始窃喜，半马已经不是遥不可及了。这时腿更加疲乏，有时会有控制不住的那种拌蒜的感觉。

如我所愿，2小时2分49秒，我顺利跑完了22千米。

第一个半马来得是那样突然，那样的突发奇想，没有丝毫准备。每次我也会告诫自己，不要再往下跑了，但没有坚持几天就又变卦了。骨子里老有一种想刷新纪录的冲劲，让自己欲罢不能。

这可能是好事，也可能是坏事。

创新强于守旧，但弹性再强的皮筋也会有被拽断的那一天。懂得该收手的时候就收手，方可谓大智慧。

可世间总是平常人多，智者少，所以我们老是感觉后悔的事做得多，拿捏准确的事做得少。

既然智者难当，就做个平常人中的聪明人吧。随着大自然的节奏生活，循着世间的规律做人。不激进，也不偏颇。

人生是在苦和乐之间徘徊
——我干的急诊这工作

2016年5月2日

人生的轨迹就像一个正弦波，一会儿在高点，一会儿在低点。这个世界上，苦与乐常常形影相随，有时互相交替，有时互相融合。没有谁永远都是快乐的，也没有谁一生都是痛苦的。

前些日子招了一位研究生，对她来讲，经过两年的努力，终于如愿考上了北京大学医学部，是件非常高兴的事。正准备研究生期间要做的课题的过程中，无意发现甲状腺长了一个肿物。喜悦的心情还没有持续两个月，一下子就被打到了人生的低谷。

同样是不久之前的中国股市，飞涨的股票，使股民每天都跟过节似的，此时此刻，大家俨然都成了有钱人。一个月未过，股市发生了翻天覆地的变化，赚到的钱瞬间化为乌有。

宇宙间只有一个亘古不变的法则，那就是一切都在改变，一切都是无常。这就需要我们看懂人生，快乐时，要懂得享受；痛苦时，要学会化解。

痛苦和快乐是一对孪生兄弟，没有痛苦就无从体会快乐。想过得幸福快乐，首先要把不幸和痛苦读懂。

研究生顺利做完手术出院了，她告诉我："经过这次的突然变故，自己好像变了一个人，成熟了，想开了，以前的许多想法也改变了。"

看着她的精气神和兴奋劲，我放心了。这次的变故，没有把她打垮，而是让她心态更好了。

遭受痛苦常见，但读懂痛苦并不容易。在这次股灾中，有多少人陷入自责中不能自拔，进而就此消沉。人生需要不断地自我反省，而不是自我怀疑。人生无常，要想把握住自己的命运，靠的是我们自身的开悟和努力。

星云大师在《不要紧》一书中写道："人生本来就是苦，人的苦有时因为欲望太高，求不到当然苦；有的是爱嗔太强烈分明，相爱的爱不到，冤家却常聚首，自然会感觉苦；还有年老体衰的苦、疾病缠身的苦，乃至死亡的痛苦等；有时看到别人苦，自己也跟着苦。此外，还有自然界给我们的苦，社会给我们的苦，甚至经济的、家庭的、人际的，各种的苦从四面八方推挤而来，真是苦不堪言。不过，如果有智慧，我们可以转苦为乐。"

就像一间房子，本来是黑暗的，我们只要点个灯，就可以转暗为明。人生懂得一"转"很重要，转坏为好，转恶为善。苦是客观存在的，是推也推不掉、躲也躲不开的。想在人生路上走下去，唯有勇敢地面对痛苦，不回避、不畏缩。有时从苦中可以看到希望、看到快乐，这就叫"苦中有乐，其乐无穷"。

我干的急诊这份工作，不但我自己觉得是一份苦差事，就是别人看着，也觉得辛苦得不行。我一位朋友的孩子陪她家里人看病，在我工作的急诊待了几天。回家之后她对我朋友说："以前我没觉得赵斌叔叔工作有多么辛苦，现在我可知道急诊的医生和护士真是不容易，一晚上忙个不停，又累心又累身。"

急诊工作不是用一个"累"字就可以概括了的。你要是让我说急诊的苦，我可以给你列出许多。

急诊是一个一年365天时时刻刻不能关门的地方。你会说有的单位也365天不休息，像有些餐馆。但在2003年"非典"的时候，其他公共场所基本都关了门，只有医院急诊那盏灯还亮着。

在餐厅你干累了，可以把老板给炒了，马上换一个地方，唯有急诊的同志们日复一日，月复一月，年复一年，没白天没黑夜，坚守在救治急危重症病人的第一线。所以生活没规律，包括吃饭不规律、休息不规律、睡眠不规律，这是急诊工作的一苦。

急诊人每天打交道的，都是急和重的病人，急病人想要马上解决疾病带来的痛苦，而重病人想要尽快得到救治。但急诊人不是神仙，在病人的痛苦解除前和生命救治之初，他们也没有十足的把握能达到病人的要求。急诊人的心每天就像一个拨浪鼓似的，被不停地敲打着，一刻不能休息。所以急诊工作累心，这是急诊工作的二苦。

任何急性起病的病人，都会先来急诊，其中也包括了一些传染病，像呼吸道的传染病、消化道的传染病，此外，还有一些被HIV感染的病人。虽然医护人员有防护，但有时也会措手不及，很有可能被传染。还有一些酒后的病人情绪不稳定，有些对治疗不理解的病人和家属过于冲动，从而导致对急诊工作人员打骂和威胁的现象时有发生。所以急诊工作环境不安全、人身不安全，这是急诊工作的三苦。

急诊医生除了要抢救那些急危重症的病人外，还要处理身患多种疾病的老年病人、晚期肿瘤病人、慢性病迁延不愈的病人等各式各样的病人。所以急诊医生必须是多面手，既要知道急危重症知识，又要懂得临终关怀，还要学一点康复本领，同时还要做一些科普工作。但这些知识的掌握都需要花时间学习，可恰恰急诊医生的工作时间表经常会与学习安排相冲突。所以没有时间充电，这是急诊工作的四苦。

当然急诊工作还有五苦、六苦，等等。假如急诊工作都是由苦堆出来的行当的话，估计早就没人干了，各医院急诊楼上的那盏闪着急诊两个字的霓虹灯也早就熄灭了。

像任何行当一样，虽然急诊工作有那么多苦，但它也会给急诊人带来快乐、带来成就感。

临床医学的目的是治病救人，特别是因突发急症，病人命悬一线的时候，如果能让病人起死回生，这是医护人员的光荣，更是临床医学的伟大，同时也体现了医院整体综合实力的高低。

急诊科历来是医院的急危重症抢救中心，在这里经常会上演着与时间赛跑、与智慧比拼的各种各样的抢救大戏。在与疾病的生死搏斗中，急诊人付出了智慧、精力、体力和爱心。当又一条鲜活的生命，在他们的努力下得到了挽救的时候，只有身临其境的人才能体会到，那是怎样一种快乐和幸福。

急诊的工作性质锻炼出急诊医生眼观六路、耳听八方的能力，也培养了他们与专科医生不同的独特临床思维，更造就了他们良好的沟通水平。急诊人在工作中承受了不少压力，也遭受了不少委屈。但正是这些压力和委屈，造就了他们果敢的性格和大度的胸襟。

急诊人见到的生死场面最多，他们对生命有了更多的敬畏，对生与死有了更多的领悟。

由于科技的发展，床旁超声、床旁血滤、经皮气切、有创血流动力学检测技术已经进入急诊，掌握了这些高大上技术的急诊医生如虎添翼，一举扭转过去人们对他们单一落后的看法，急诊医生再也不是只会拿着听诊器给病人看病的大夫了。

基于收治的病人的特点，急诊科已经成为急危重症抢救中心、临终关怀中心、慢性病康复中心和医学科普中心。这些造就了急诊人医学知识更加全面、临床思维更加缜密、对疾病与健康的理解更加深刻。急诊工作的苦，使急诊人更早地成熟了起来——与病人交谈不怯场，抢救病人不慌乱，遇到紧急情况不紧张。

其实我们干的任何工作，都是有苦有乐，光苦无乐或光乐不苦的事情是很少见的。

许多时候人们一看到苦就是先抱怨，实际上这时乐已经开始在慢慢接近你了，只是你光顾着抱怨而忽视了乐的到来。

以前形容自找苦吃的人是傻子，现在这句话应该反过来说，单找乐吃的人是傻子。苦是实实在在的，而乐只是在苦之后体会的一种感觉，没有苦哪来的乐。

急诊工作是苦，而且苦的不一般，但急诊工作得到的成就感和喜悦感也最浓，回味起来最持久。

跑步与读书

2016年5月28日

跑步需要动，读书需要静。在外人眼里读书人都是文文弱弱的；而运动员都长得五大三粗。以前把读书人称为白面书生，而认为运动员四肢发达、头脑简单。这样看来，人们很难把读书和跑步联系在一起。大家都认为这是两个完全不沾边的事。

以前运动少，从来也没有想过跑步和读书有什么关系。医生这个职业，需要不断地学习、不断地读书。可我除了读一些专业方面的书，就很少涉猎其他领域的书籍了，更不要说认认真真地读万卷书了。

一晃就几十年过去了，井底之蛙一样的我，自认为读了一些书，陶醉在自己也是个读书人的自娱自乐中。中国新闻出版研究院组织的全国国民阅读调查显示：中国13亿人口，除外教科书，平均每人一年读书1本都不到。最爱读书的人是犹太人，平均每人一年读书64本。韩国国民人均阅读量约为每年11本，法国约为8.4本，日本为8.4到8.5本。

这么多年来，我很少读与专业无关的书，看着像一个读书人，可脑子里货真价实的内容还真不多。

人生走到一半的时候，突然不知道是哪根筋开了窍，读书对我来讲，再也不是可有可无的事了。我对与专业无关的书有了莫名的兴趣。名人的传记，难以理解的哲学书，历史书，各行各业的知识科普，我都会拿来读一读。

读书对我们的好处，对于我这个年岁的人，是不用再赘述了。但到今天，我才把这件事融入我的生活。10年的跑步除了给了我一个还算健康的身体之外，更让我的大脑重新活跃了起来。这种活跃加上年龄的积累，有了对事物不是想当然的判断，也有了对人类与自然更为理性的认知。

最初跑步时，还是把它看成一项任务，多多少少还会有些不情愿，有些压力。跑着跑着，跑步成了一种生活中的需要，如同吃饭，不再可有可无。

自然而然地，跑步从满足身体的需要到了满足精神上的需求了。每次跑步之前都会感到莫名其妙的兴奋，想着如何跑，跑多少，是否再把以前的极限突破一下。跑的过程中脑子更是肆无忌惮的活跃，真如同满脑子跑火车，什么都想，什么都敢想。

自从在微信朋友圈跟大家分享了第一篇文章后，我就再也管不住自己的大脑和手了。跑步时冲动一个接着一个，感想随时随地就从脑子缝里钻了出来，让我欲罢不能。文章写着写着，就感觉知识不够用了。不着边际的想法，稀奇古怪的问题，都需要更多知识积累和补充。

读书自然而然地走进了我的生活。纸质版的书在家里看，电子书外出的时候看。电视退居"二线"，不再是我获取知识和信息的唯一渠道了。慢慢地，我看电视的时间越来越少，最后干脆与电视绝缘了。

运动促成了我多读书，使之前空空如也的我，从读书中获取了大量的养分。我这棵不算年轻的老树，被赋予了新的生命。

利用上下班坐地铁的时间，我把西班牙作者基利安·霍尔内特写的《跑出巅峰》这本书看了一遍。霍尔内特是一位极限跑运动员，获得过三届勃朗峰超级越野跑冠军，创造了7小时14分钟登顶乞力马扎罗山并返回的记录。

　　从某种意义上来说，他确实有出众的身体条件和惊人的恢复能力，非常适合越野跑。但这不是这本书最吸引我的地方。霍尔内特每天早晨出门跑步之前都会读一遍的宣言，才是我饶有兴趣把这本书一口气读下去的真正原因："秘密不在腿上，而在心的力量。你必须出去跑起来，无论是下雨、刮风、下雪，还是闪电劈着了你跑过的树，还是暴风雨中雪花或冰雹打在你的腿上、身上，疼得你直哭。不管！为了能继续奔跑，你必须擦干眼泪，睁眼看清石头、高墙，或天空。心的力量让你对彻夜狂欢说不，对考试高分说不，对漂亮姑娘说不，对面颊蹭上的柔软床单说不。将你的灵魂注入，在大雨中奔跑，直到因为泥泞而滑倒，血流如注。然后起身，继续爬坡，在暴风雨中将你带至最为高远的山峰。"

　　跑步让霍尔内特对大自然有了不一样的理解——山和人没什么不同：要爱它们，首先得了解它们。了解、熟悉之后，你就能感受到它们的怒气或喜悦，知道如何应对，知道怎么跟它们玩耍，在它们被人类伤害时能有办法抚慰它，在它情况好转时避免使其恶化。

　　霍尔内特在书中说道："当我的思绪纷乱找不到出口时，我通常会跑上一圈，解放思想。跑着跑着我就会发现，自己能更清晰地看待每一件事情，心里的问题也能得到正确的分析。即便是我经常需要直面的一些问题，平时我可能都无法看透看穿，只有在跑步的时候才能发现症结所在。"

　　另一位大家熟悉的跑者、小说家村上春树曾写道："我写小说的许多方法，是每天清晨沿着道路跑步时学到的，是自然的，切身的，以及实际学到的。假如当初我改行做小说家的时候，没有痛下决心开始跑步，我的作品恐怕跟现在写出来的东西有很大不同。作为一名医生，同时也是坚持了10年跑步锻炼的自己，虽然名气不如霍尔内特和村上春树大，跑的距离和强度也无法跟他们相比，但跑步带来身体的痛苦、精神的愉悦、心灵的满足和对知识的渴求却如出一辙。

前几天，一位熟人夸奖了我："我看了你的朋友圈，我才知道你还写一些学术之外的文章，写得真不错。"我实话实说："谢谢您的表扬，我觉得我写的算不上文章，只是跑步的一种有感而发。"

每次跑步后，我的脑子里迸发出一些想法，有些涉及专业，有些涉及人文。有些是熟悉的，有些不太熟悉，还有些甚至是很陌生的。有些想得明白，有些想不明白。

为什么跑步后会有这么多想法，有些人说是内啡肽"惹的祸"，有些说是大自然指使的。但不管怎样，现在想的问题多了，也爱想了，同时也特别愿意寻求答案。

想明白的事就把它写出来，想不明白的就去书里找答案。朋友圈推荐的一些值得阅读的书籍，我都会把它买下来，全部读上一遍。遇到喜欢的，我还会多读几遍。

不知不觉，跑步与读书产生了互动，在思想上发生了共鸣。跑步开始是为了身体，读书开始是为了兴趣，但两者深入后都会触及人的心灵。看似一动一静的两件事，彼此互不相关，但却通过一条无形的纽带把它们紧紧联系在一起。

村上春树说："无论如何，从不间断地坚持跑步令我满足，我对自己现在写的小说也很满足，甚至满怀欢喜地期待下一次出的小说是什么样子。如果每日的跑步对取得这样的成就多少有帮助，我得向跑步表示深深的感谢才是。"

第一百篇随笔——与老同学相见聊跑步

2016年6月6日

写在前面的话

从开始跑步锻炼，我就养成了写一些感悟和随笔的习惯。到今天这篇，已经是第一百篇了。

上学时，看的课外书少，写的随笔，不管从文法，还是从内容上，都欠火候。如果影响了您看文章的心情，请您原谅。

但我时时会有写作的冲动。对于见到的，想到的，聊到的一些有意思的事情，都喜欢在脑子里做一个梳理、回味一下，然后把它记录下来。

中国人都有这个习惯——遇到一百的时候，都会单独拎出来，重点强调一番，做个纪念。我也不能免俗，所以就把今天文章的题目起为：第一百篇随笔——与老同学相见聊跑步。

有关跑步的题材我已经写了许多篇，今天我还是要把第一百篇随笔献给跑步。

—— 题记

今天，定居美国的老同学带着他学医的儿子来找我，无意间聊到了跑步这个话题，他告诉我，他在美国参加了一次全程马拉松（全马）的比赛，用时5小时37分，而且还拿出手机，让我看了他的参赛纪录。

他能跑下全马，我感到非常吃惊。幸好我还没来得及在他面前炫耀我的跑步经历。就我这刚刚能跑半马的水平，在他面前谈跑步，无疑是关公面前耍大刀——班门弄斧到祖师爷门前去了。

大学的时候，这位同学跟我住上下铺。他人很聪明，也特别爱看课外书。每天晚上，我还在抱着专业书苦读的时候，人家早就拿起国内外各种小说通读了起来。考试的时候，我的成绩却落后人家一大截。毕业的时候，人家考上了北医三院一位知名专家的研究生，我却早早地被分到了现在工作的医院，干上了住院医的活。

但论起体育锻炼，这位同学却实在不敢让人恭维。每次班里跑步，他基本都在最后几名，至今我还能想起他的不很规范的跑步姿态。

12年前，还是在北京积水潭医院，我们见了毕业后的第一面。那次他从美国回来，参加我们毕业20年庆祝活动。虽然不是大腹便便，但他还是比上学时发福了许多。学生时代的他精瘦精瘦的，属于光吃不长肉的那类人。

今天再见面，他又恢复了当初学生时代的身材，肚子上一点赘肉也没有，脸色红润，皮肤紧致。岁月对他格外优待，从他的脸上，一点都看不出50多岁人应有的痕迹——这都是跑步的功劳啊。

人的一生会遇到各种各样的事情，我们会体验到酸甜苦辣。有些事情会让我们成长，有些事情会让我们奋进。但也有些事情会使我们消沉，会让我们迷茫。无疑，跑步给了我成长与奋进。

虽然我只有12年的跑龄，但跑步这件事对我的思想和精神犹如一次洗礼，跑得越久，坚持的时间越长，这种感觉就越强烈。

对于所有最初开始跑步的人，锻炼身体肯定是一个最主要的目标。但跑着跑着就不是锻炼身体这一个好处就能够涵盖跑步的全部内涵了。

只要你跑得次数够多，跑得距离够长。你就能体会到跑步从量变到质变的过程。最初，你气喘吁吁，上气不接下气，双腿发软无力，一心只想着赶快停下来结束跑步。慢慢地，你会把距离不断延长，并不停地挑战自我，一心追求那种神清气爽、精神矍铄、思维奔涌、独享大自然的感觉。

马斯洛需求层次理论告诉我们，在解决了温饱等一系列低层次的需求后，人终归会追求最高层级需求，也就是自我实现的需求。我的理解就是，人有了一定的物质基础，进而就有了追求精神上的满足和快乐的需求。简单来说，就是追求一个好心情。

有什么样的心情，就会有什么样的想法，也就会有什么样的处事态度。心情好，就会有积极向上的想法，同时就会产生乐观的处事态度；反之心情压抑，就会出现悲观的想法，产生焦躁粗暴的处事态度。

现实世界中，我们的生命都消耗在紧张焦虑的奋斗上，消耗在讲究速度和打拼的漩涡中，消耗在竞争、执取、拥有和成就上，永远被无关紧要的活动和所关注的一些细小琐事压得喘不过气来。

奋斗到最后，看似获得了不少荣誉和金钱，但幸福指数并不高，有时甚至是用健康做交换，换来这些"生带不来，死带不去"的身外之物。当有一天在病榻上奄奄一息的时候，望着花不完的金钱，吃不完的美食，戴不完的首饰，住不完的别墅，最后留下的就是无限的痛苦和惆怅。

精神上的救赎，心灵的启迪，思想火花的点燃实际是每个人都需要的。精神世界空虚的人一定是痛苦的、不愉快的。

我的这个同学说："跑步犹如禅坐。"索甲仁波切上师这样形容禅坐："把你的心带回家，然后放下，放松。"

　　我从来没想到过我这个同学能跑下全马，但他确实以一种禅跑的方式完成了大家都认为不可能的事。

　　前两天在东京跑步，看到一对老者用毛巾绑在一起跑。我跑近一看，才知道其中一位是视觉障碍人士，另一位是伴跑者。两位老人跑的速度不快，但坚持跑了15千米，表情非常轻松，时常还有说笑。对于一个身体不是很方便的人，还在别人的帮助下享受跑步带来的乐趣，这就是跑步的魅力所在。

　　很多时候，我在独享跑步带来的快乐。外出开会和旅游的时候，会带上运动装和跑鞋，只要天气和场地允许，就会跑上一会。遇到同样喜欢锻炼和跑步的人，便一见如故，迫不及待相互交流心得和体会。

　　有时候工作太累，下班时就无精打采，提不起精神。但只要到了体育场，就跟打了鸡血一样。对于跑步的执迷，也不是我当初能料到的。10多年的坚持，心肺储备能力有了提高，四肢肌肉慢慢变得发达起来。不知道从哪天起，我化身为跑步的代言人，想写跑步，想说跑步，想与别人分享跑步。

　　禅坐最重要的特色不在技巧，而在精神。我也想说："跑步是人人都会的，不需要特意学习，而跑步要达到一种精神上的愉悦，需要自然融入，不能勉强。"

自己的身体自己管

2016年7月17日

不到一个月，我接诊了两位30多岁的年轻病人，因为病情重，没有抢救过来。

一位是消化道大出血的病人，来就诊之前身体已有了明显的不适，但没有及时就医，直到吐血不止，才被家人送到医院。化验检查显示病人的凝血功能很差，我用了很多办法，包括注射药物、使用三腔二囊管，血始终未能止住。积极地进行容量复苏，血压也迟迟不升，最后还来不及实施介入干预，病人就因病情过重离开了人世。

另一位是个猝死的病人，被家属和朋友送到急诊时，呼吸、心跳已经全没有了。虽然用了各种抢救手段，最后还是没有恢复病人的生命体征。

最近很多微信朋友圈都转发了34岁的天涯社区副主编金波在北京地铁乘车时猝死的消息。人的一生按正常规律来讲，寿命是70~80年。30~40岁理应是人生的黄金时段，身体健康、思想成熟、工作渐入佳境、生活趋于稳定。但近年来，本应年富力强的生命却戛然而止的事情并不少见。

当然，一些平时轻易觉察不到的先天因素导致的突然变故，确实不好预测和提防。除此之外，生命并不是一张薄纸，可以被轻易撕碎。从远古进化到现在，地球淘汰了许许多多物种，人能够留存下来，说明人的生命具有很强的抗击打能力、耐受能力、调节能力和自我修复能力。如果人们在一生中能发挥好这些能力，把它用得适度、用得合理，就可以延年益寿，活到天年。

可是许多时候，人们并没有在生命的进程中好好珍惜自己的身体，而是任意透支，却又不给身体调整和修复的时间，更缺乏主动锻炼身体的理念，使得身体不时地出状况。

在临床上经常会看到，许多年轻人对身体早期发出的各种报警信号无动于衷，如血糖的异常、血脂的增高、血压的不稳和脂肪肝等。在他们的眼里只有享受，不考虑身体的健康，所以在没有疾病侵扰的时候，吃喝玩乐无所顾忌，一旦身体出现了问题，就全推给医生，好像医生无所不能，能治愈所有的疾病。

一位怀孕期间就被诊断为妊娠期糖尿病的年轻病人，不但不控制自己的饮食，反而一天到晚除了可乐，不喝其他东西。终于，有一天因为感冒出现了糖尿病的急性并发症，她被家人送到医院抢救，虽然保住了性命，但预后很不乐观。

近年来，医疗技术和医疗手段确实有了很大的发展和提高，许多原先不能早期发现的疾病，现在都可以借助一些先进的医疗设备做出诊断，一些不可控的疾病也变得可控。于是，许多人开始盲目乐观，他们认为得了病，只要进了医院大门就有救了。

但目前真正能被医生明确诊断和治愈的疾病，远没有病人想象的那么乐观，大部分疾病的神秘面纱还没被揭开。医生可诊疗的疾病，比起不可诊疗的疾病来说还是少得可怜。

有人说80%的病不用去管它就能自愈，还有报道说70%的疾病与情绪有关。即使是在科技发达的今天，要想让大家了解自己的身体，明白健康和疾病的关系，还有很长的一段路要走。

把自己的身体一股脑交给医生，是对自己非常不负责任的做法。

我认为人的一生中遇到两件事最痛苦：一是生病，二是死亡。生病是身体感受到的痛苦，像每个人都会经历的发热、腹痛、恶心、呕吐、头晕等症状，虽然都不是要命的，但每一个症状来袭的时候，都会让人有痛不欲生的感觉。

死亡的痛苦来自想象。在夜深人静、久久不能入睡或心情不愉快的时候，只要一想到死，心里就有一种说不出的紧张和恐惧感。生病的痛苦是实实在在的，而想象中死亡的痛苦是虚无缥缈的。但不管怎样，这两种痛苦都不是我想要的。不想要归不想要，这辈子任何人都逃不掉这两种痛苦。

这个世界上要名的、要官的、要钱的、要房的大有人在，但要得病的、要求死的真不多，当然，情绪异常的人除外。

身体虽然不像一张薄纸那么脆弱，但它也需要经常打理和调整。血糖高偏喝糖水，血压高偏不吃药，尿酸高偏不忌嘴，自己的身体都不在意，别人又如何帮你呢？

如今的媒体时不时谈起年轻人猝死的问题，频频呼吁公共场所安装自动体外除颤器（AED）。当然，这样的举措对救治呼吸、心跳突然停止的病人会有一定帮助，但要真正减少猝死的发生，除了在公共场所安装更多的AED，更应该从预防着手，警惕可能导致猝死的潜在因素。

很多猝死的发生都与过劳有关，也与平时不定期体检有关。从我们接诊的猝死病人的既往情况可以看出，发生猝死的病人往往缺乏体育锻炼，生活毫无规律。

生活中许多事情都需要付出努力才有可能实现，比如：想找一份理想的工作，想别人对自己好一些，想住宽敞一些、离工作地点近一些的房子。实现这些愿望需要能力和机会，更需要有一个健康的身体。

有些看似聪明的年轻人并没有算好这笔人生的经济账：起五更爬半夜，不懂得劳逸结合，不懂得吸烟喝酒是对身体的损害，不懂得规律运动是对身体健康的保护，以为自己能拥有老天爷得天独厚的关照，结果早早把身体透支得干干净净，到头来用生命为过去的轻率买单，给家人留下难以抚平的悲伤，给自己留下永久的遗憾。

每个人的时间都是一样的，聪明的人懂得合理分配时间、利用时间。

什么是效率？效率就是让身体在最佳的状态下工作，然后及时补充身体失去的能量，并给予足够的时间调整。简单讲就是：工作、休息、锻炼相结合。身体绝对不是永动机，它也遵从能量守恒定律。

每个人都有自己的"小九九"，每个人都有自己追求的目标，当然，每个人也都应该知道自己身体的承受力。健康是实现目标的基础，有多大目标，就需要有多么强壮的身体作为保障。身体是每一个人的神殿，那里供奉着你的生命，你要天天为它祈祷。

世界上从来不乏那些事业成功，同时又关注自身健康、关注运动的政要和企业家，如俄罗斯总统普京、英国前首相卡梅伦、脸书（Facebook）公司总裁扎克伯格等。如果一个人连自己的身体都管不好，很难奢望他能管好一个国家、一个企业。

所以，一个人要想成功，要先从管理好自己的身体开始。管好自己的身体是对自己负责，是对家人负责，是对集体负责，也是对国家负责。

急诊科医生要做到对疾病从始而终的了解

2016年8月11日

喜欢看电影的观众都知道，要想了解一部电影的剧情，要想评价一位演员的演技，一定要静下心来把电影从头到尾仔细看完。如果看一部电影只看开头、不看结尾，或者不看开头、只看结尾，我们就没有办法对这部电影的剧情和演员的表现做出客观的评价，即使忍不住说上两句，也是片面的，不够客观。

作为一名急诊科医生，也是这样。只有对病人发病到中间治疗的每一个过程，直至病人的最后结果都有一个详细的了解，才能获得全面、真实、丰满、接地气的临床经验。

前几天，我在急诊遇到一位蛇咬伤病人，他在北京一家治疗蛇咬伤比较有经验的医院做了处理后，病情稳定，医生让他回当地观察。在回张家口的路上，这位病人突然出现神志不清，被送到我们医院。最初我判断是急性脑血管病，第一时间做了头颅CT检查，没有发现问题。由于不能排除这是因为蛇咬伤后神经毒素的反应，病人又回到了之前治疗的那家医院。自此，这位病人的信息断了，他的诊断结果对我来说就成了一个谜。

今天我让接诊医生给家属打了一个电话，了解病人的病情。家属告知我们：病人的神志不清是急性脑血管病导致的，跟蛇咬伤没有关系。那天，到专治蛇伤的医院后，病人又做了一个头颅CT，CT显示是急性脑梗死。我一下子恍然大悟，病人突发脑梗死来我们医院时，因为发病时间早，头颅CT还看不出问题。

打完这个电话，留在我心里的疑问解除了。要知道，临床疾病多种多样，疾病的变化反复无常，所以很难预知疾病。没有从始而终对疾病的观察、思考，不了解处理的全过程，就不能真正积累治疗该疾病的临床感受和体会。

由于临床学科划分很细，许多时候医生不能完整地对一种疾病从头到尾进行诊治。急诊科是所有急症病人就诊的第一站，各种疾病的初发症状和体征都在第一时间被急诊科医生了解到、观察到、检查到，并给予针对性的治疗。这样，病人的有些症状被控制住了，有些体征也消失了。当病人再转到专科病房进一步检查和治疗的时候，专科医生只能从急诊科医生的病历记载中了解病人初始发病的情况，很少能真真切切地看到病人最初发病的痛苦，以及由此给病人带来的身体上的病理和生理变化。

如同一个看电影晚到的观众，旁人再如何跟你解释片头是多么多么精彩，你都没有亲历的体会。虽然电影也能看下去，情节也能有所了解，但也许你就不觉得它多么震撼人心了。所以，有些时候急诊病人在转到专科病房时，由于专科医生没有身临其境地体会到病人最初发病的危急、救治时的惊心动魄和可能存在的风险，他们在观察和治疗过程中就可能出现不到位的现象。

如果病人的生命体征不太稳定，或者预期之外的临床变化突然发生了，而此刻，专科医生的专注力还没有被调动起来，病情的凶险性还没有被感知到，就很有可能给病人带来更多的麻烦。

对于急诊科医生来说，还没等到病人康复，甚至有时连诊断都还没有完全确认，病人就被转到专科病房，病人的所有信息一下中断了，犹如那些中途退场的观众，虽然消耗了半天的时间，最后还是没有读懂电影的内容。

急诊科医生需要在最短的时间内，利用手中可掌握的数据，对病人做出诊断和干预。当然，在一系列的诊治过程中，有些做法是正确的，有些做法有所欠缺，甚至有些做法是错误的。如何验证对与错？唯有长时间的观察和进一步发现更多的临床数据的支持。病人的转出使得这一切都成了泡影，临床经验无从积累，下一次碰到类似的病人，又是一场遭遇战，只能从头摸索着再来。

而加强监护病房（ICU）医生给大家感觉有点前不着村、后不着店，收治的病人"无头无尾"。因为急重症病人先被送到急诊科救治，病情平稳一些后，由于脏器功能还有进一步恶化的趋势，所以维持器官功能的稳定至关重要。把这些病人收到专科病房之前，先要在ICU调理器官功能，等到器官功能稳定，再转到或转回专科病房对原发病进行干预治疗。

这样看来，对于一个急危重症病人的救治过程是：急诊科医生管前半部分，ICU医生管中间部分，专科医生管后半部分。所以，按现有医疗工作划分来看，很少有医生可以了解或参与病人治疗的全过程。就像一部电影，永远没有人能完完整整把它欣赏完。

人是一个整体，疾病的发展也是从局部到全身，病程衍变的时间也是一个连续不中断的过程。所以，任何疾病的发生都是有整体性和时间性规律的。作为医生，要想到自己面对的是一个病人，而不仅仅是某一个器官。所有局部的疾病或病灶，都会调动全身的病理生理改变来进行调节。

一位糖尿病患者的皮肤破损，可以引起全身重症感染；而一位年轻力壮的小伙子的皮肤破损，可以几天就痊愈。如果医生只关注局部皮肤破损这一点，忽视了它可以在不同的人身上引发不同程度的感染，只能说明医生的思维过于局限和狭隘。

时间又是一个在疾病的救治中常常被提起的话题，不关注时间的医生，显然不是一个称职的医生。许多疾病的发生与时间相关，诊断与时间相关，治疗与时间相关，只有了解疾病发生、治疗、痊愈的全过程，医生才能真正了解疾病的本来面目，才能为经验医学积累科学的思考。只知道一个时间节点的病情，只关注一个局部器官的病情，就会忽视疾病的整体性和时间性。

作为一名合格的急诊科医生，要始终关注疾病发生、发展和转归的全过程。诊治疾病不是数学公式演算，如果按照想当然的推理，会把对疾病的诊治带入死胡同。看电影也是一样，好多影迷预判的结局往往与真正的结局并不一致。

每一种病都如同一部电影，相互之间或许有雷同，但不重复。如果影片都是千篇一律的内容，那么每部影片的首映式就不会座无虚席了。当然电影在很多时候可以从头看到尾，但专业医生不可能把所有接诊病人的前前后后都能详尽了解，特别是急症病人。

正像上面谈到的，急诊医生看到了病人来诊和抢救那一段，ICU医生看到了病人器官功能维护那一段，专科医生看到了病人最后的转归那一段。虽然分段治疗发挥了各自学科的优势，但它的不足之处也是显而易见的。

急诊科医生光顾着"先开枪，后瞄准"了，最后给病人"扫射一阵"，也不知道是否命中目标；ICU医生光顾着给病人延长生命了，许多疾病根本达不到临床的治愈，病人只是为了活着而活着，既无生活质量，也浪费了医疗资源；专科医生光顾着对他所熟悉的器官精雕细琢，却忘了人的生命要比一个器官本身来得更重要，也就是说整体必须大于局部。

所以，急诊科医生在抢救完病人后，不管病人去了哪里，都要养成追踪病人去向的习惯。要了解急诊初始的诊断和治疗是否正确；病人的病情是稳定、恶化，还是好转；诊断有无遗漏；是否还有更好的诊断方法和治疗手段。

　　这种追踪犹如完成了一个完整病例的诊治全过程。病例积累的过程就是临床经验总结的过程，也是急诊科医生业务能力迈向一个更高台阶的过程。

　　急诊科医生在职业生涯中见过的病种是有限的，而见过诊治全过程的病例更少。有心的急诊科医生会关注工作中遇到的每一位值得重视的急诊病人的来龙去脉。在急诊治病并不是无经验可循，而是许多时候我们放弃了积累临床经验的机会。

　　善于思考的急诊科医生总会在临床经验的积累上占得先机，因为他们知道，要想给病人治好病，就要做到对疾病从始而终的了解。

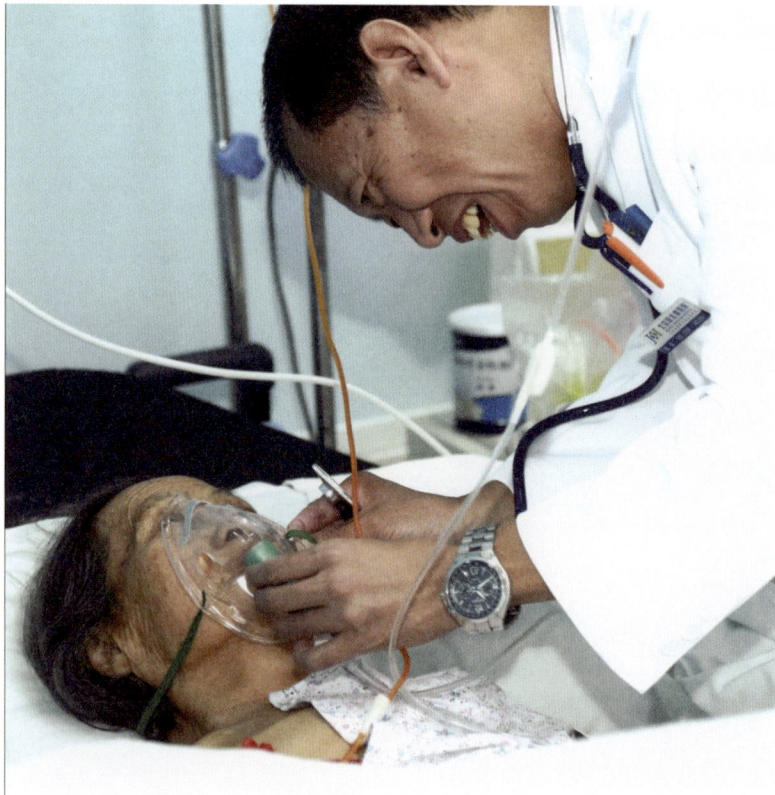

生命不是玩的，生命要呵护

2016年8月12日

介绍一个真实病例，病人，65岁，体型肥胖，平素有高血压、冠心病、心功能不全病史。1年前出现急性左心衰发作，超声心动检查：左心增大，左心室射血分数58%，以后规律服用倍他乐克、阿司匹林、阿托伐他汀和托拉塞米。

一天病人凌晨3点去后海游泳，游到湖中自感身体不适，然后拼尽力气往岸边游，游到岸边被朋友托上岸。这时病人感觉憋气、神志恍惚，面色发绀。被急救车送到医院急诊后，病人的血压190/92mmHg，脉搏110次/分，呼吸频率34次/分，神志欠清，全身皮肤发冷、发绀，高枕卧位，双肺可闻及大量湿啰音，心律不齐。血气检查：pH7.007，PaO_2 59.7mmHg，$PaCO_2$ 103.9mmHg。临床诊断：急性左心衰竭、II型呼吸衰竭，给予抗心衰和无创呼吸机治疗。

因无创呼吸机不耐受，后改为气管插管治疗，2天后病情趋于稳定，拔出气管插管，继续无创呼吸机治疗，半天后停用无创呼吸机，1周后病人急性左心衰和急性呼吸衰竭治愈出院。

在病人病情平稳的时候，我跟病人聊了一次天，他给我描述了当时发病的过程以及感受。他说自己犹如在鬼门关走了一圈，我接着他的话说：您就是在鬼门关走了一圈，而且算您命大，否则后果您就自己想吧。许多时候，人的命可真不是拿来闹着玩的。

小时候经常会在不同的场合听到两个字——玩命。有时候小伙伴之间打架，为了表明取胜的决心会说：我今天跟你玩命了。也有的时候为了干一件争强好胜的事，人们也经常会说：我要玩命干。但这里所说的玩命更多是停留在口头上，说话人还真没有想把命搭上去的意思，而且往往能说出玩命的人恰恰是最不敢玩命的。有句话是这样说的：话壮怂人胆。

不过生活中，经常会有些语不惊人，但干出的事却让任何人都感到后怕的"勇士"。俗话说：蔫人出豹子。像文中开头介绍的那位病人，不管从年龄，还是身体的健康状况，包括选择游泳的时间和地点，都不是一般人能轻易做出来的。当然他自己也没有意识到这种玩法是在玩命，但从我当医生的角度来看，这才是真正的玩命。

生命不娇气，有时还非常顽强，哪怕有一点希望，也不会放弃。但有时生命也是不堪一击的。这两点在我们这位病人身上都得到了最好的诠释。

医院不神圣，医生也不伟大。在该死的疾病面前，上帝都是无能为力的。在临床上，有时候病人被抢救过来，家属会对医生千恩万谢，当然这里有医生的努力和现代化医疗技术的参与，但关键在于疾病本身和病人的自身状况，有时候还需要幸运之神的光临。

对于危重症的救治，神仙都没有十拿九稳的胜算，更何况一个平凡的普通医生了。命真不是用来玩的，玩大了，那真是叫天天不应，叫地地不灵。

医生如果老是坐在自己的抢救室里或者手术床旁，等待着病人的到来，那么可能还会有源源不断的玩命病人来找你。在玩命者眼里医生有的是办法，不管我把命搞成什么样，医生你都能让我起死回生。所以一位明白的医生不要把自己的本事夸大其词，不要光说成功，回避失败。做人要低调，做事要实际。

每一位医学大家都有不成功的病例，因为金刚钻太少，瓷器活太多。从医30多年，在我的眼里，在治疗完成前，不敢保证病人能百分百痊愈。你说我本事低也好，能力差也行，但我讲的是一个事实。

疾病的发生、发展有一定的规律性，但对每一位病人和家属都追求100%的成功率，但哪位医生敢拍着胸脯说没问题呢？

这些年除了看病，我还做了一件事，就是有规律地锻炼身体。虽然锻炼身体的时间只有10年，远远短于给人看病的时间，但我可以负责任地说，它对身体的益处要大于任何一种生活方式，包括服用各种保健品和所谓的各种养生小妙方。不管得了什么病，都有可能存在治疗失败的情况。唯有不得病，少得病，得小病，才能真正保证生命的延续和较高的生活质量。

医生不仅仅是给人看病治病，更应该将关口前移，把如何呵护生命的健康作为自己工作中非常重要的一部分。医生了解健康的事实，医生懂得人体的构造，医生明白身体器官承受的压力范围，这一切都为做好维护公众身体健康打下了坚实的基础。

健康得益于锻炼和运动，但做任何事都要讲究科学，不科学的锻炼无疑雪上加霜，无疑在玩命。本文开头的案例，病人本意也是为了身体健康在运动，但他选错了方式，选错了时间和地点。

我的运动方式是跑步和器械锻炼。我采取循序渐进的方式，慢慢增加跑步的速度和距离，做器械锻炼也是量力而行。运动中我也很注意自己的感受，如果身体感觉虚弱，不是平时愉悦的感觉，都说明此时此刻不适合锻炼了，再做下去只会使身体受伤。

现在我跑10千米，有时跑15千米，甚至半马，都是在身体感觉正常，精神准备充分的情况下完成的。当然也偶然挑战一下酷暑和高原，但我会把跑步的配速降下来。自

从锻炼以来，还没有被大的伤病击倒过，体能也没随着年龄的增长有大的下降。

有些人对身体太随意，高兴就让它动一动，不高兴就把它雪藏起来。看着大家都跑马拉松，以为自己也是这块料，在没有充分准备的情况下仓促上阵，结果受伤的就是自己了。我喜欢对病人说："走比站着好，站着比坐着好，坐着比躺着好。所以在身体允许的情况下一定要多活动。"

但对不同疾病、不同年龄、疾病的不同时段所选用的运动方式、运动时间肯定是不一样的。发病初期肯定是以休息为主，到了恢复期或康复期就要在医生的建议下选择合适的运动方式了。跑是运动，走也是运动，运动方式可以不同，但重要的是坚持。作为一名医生，作为一名喜欢锻炼的人，我同意"生命在于运动"这句话，但我更明白生命还需要呵护。

生命不是用来玩，玩命如玩火。人真正的痛苦就两个：病和死。而病是确确实实的痛苦，死是想象上的痛苦。一个是躯体的摧残，一个是精神的折磨，被哪个击中都不好受。呵护生命就是尽量减少这两个苦，身体健康就没有躯体的苦，身体健康精神就会愉悦，也就不会在意死亡的临近。

生命只有一次，你对它好，它就不会亏待你。珍惜它、呵护它吧。

值与不值

2016年10月1日

人过中年，就开始发现人生苦短，不知不觉就过了可以随意消磨时间而不感心疼的年龄。现在把时间捧在手里，小心翼翼，唯恐失去；开始掐着时间，衡量什么事该做，什么事不该做。

但即使百般珍惜，仍感觉时间不够用，永远有做不完的事：班要上，病人要看，院内、院外的会要开，学术交流要做。

等到忙完了工作回家的时候，太阳也快落山了。到家后本可以轻松一下，又发现原本掌握的许多知识已经过时，甚至出现了断档，还要拿出时间给大脑充电。这样算下来，每天留给自己随意支配的时间真是不多。

但工作之余，第一个想到的就是健康的重要性。中年已到了多事之秋，谁都怕得病。中年人对于让身体拥有健康、让灵魂有所归属、让理性遵从法则的感悟更深。

健康不是想出来的，不得病也不是说出来的。想健康就得运动，就得锻炼，可有限的时间该如何分配呢？如果按平均每天工作8小时、睡眠6小时、上班路途2小时、晚饭和做家务2小时和看书2小时来算，一天24小时，只剩4小时能自由支配。

4小时说长不长，说短不短，一部电视剧就可以把这4小时瞬间耗没；一顿朋友聚餐，在推杯换盏之中，4小时不知不觉就消失了；在商场里游逛，还没等钱拿出手，时间已经不够用了。

而一位经常运动的人，每天拿出一个半小时做运动就足够了。4小时与一个半小时谁长谁短，想必幼儿园的孩子都会算。

可成年人看问题、处理事情显然比幼儿园的孩子成熟，他们除了会算，还会权衡做某件事值不值。他们认为值得做的事，不用别人劝，自己就会主动去做，而且不计代价、不惜成本。他们认为不值得做的事，说破大天，天王老子来了也无济于事。关于运动这件事，许多人往往雷声大、雨点小。显然，运动在他们看来不值得，又花时间又遭罪，长年累月运动，要是关节受损了，找谁说理去呀。

我算是一个喜欢运动的人，如果我每天有4小时可支配的时间，我会拿出一个半小时参加运动。在我的价值观里，从4小时中拿出一个半小时去运动是值得的。

在早些年间，运动并不是我业余时间的首选。看看电视、聊聊天、找朋友聚聚会，甚至没事的时候坐在沙发上发发呆，都可以很轻易地让我与运动说再见。一句话：花时间去运动既受罪又不值。结果是，体形变胖了，肚囊长起来了，年轻人的精气神也没有了，多项血液生化指标飘起了小红旗，脂肪肝也找上门来。

运动确实是件苦差事，枯燥的重复，又受累又没有新鲜感，短期也看不到成效，什么马甲线呀、肌肉型男呀，想都别想。运动远不如看电视、聊天、聚会、逛商场、坐着愣神遐想那样轻松、惬意、舒适，它不会瞬间就让人产生愉悦感和满足感。

但作为医生，我知道身体是生存的基础，健康是工作的保证，也是享受生活的本钱。在工作中，我看到那些过早离世的病人，看到那些重病缠身、生活不能自理的病人，他们中的许多人都是在值与不值的选项中出错了牌、打错了钩、选错了答案。我自己的经历也验证了运动与不运动，人的健康状况是完全不一样的。

值与不值本身就是一个相对概念，时间和场合不同，价值不同。和平年代，字画、古玩、珠宝是财富的象征，而在兵荒马乱的时期，它们对生命的价值可能不如一个窝头和一碗粥。

人的一生，不能仅仅活着，而要健康地活着。健康不会从天而降，坚持运动才能拥有健康的体魄。当然，运动需要占用人们本来已经不多的空闲时间；不管做什么运动，开始都会有痛苦，包括气喘吁吁、四肢酸痛等；而且运动是长期的，一旦开始就不能中途放弃。从这些情况看，花时间运动确实不值。

但是，经常运动的人能把体重指数控制在合理的范围内，心肺储备功能会得到很大的改善，心理愉悦感会明显提升。运动带来的收益是全方位的、具体的、长期性的：免疫功能增强，让人远离感冒；四肢肌肉强壮、关节灵活，使人避免跌倒，进而减少骨折的发生；大脑释放内啡肽可解除心情的抑郁，使人对未来永远保持一种积极向上的期望和憧憬。这样看来，花时间运动又是值得的。

运动本身的值与不值是相对的，但从对身体是否有利的高度考虑，值与不值就是绝对的。

人之所以区别于动物，就是人有思想，会用大脑思考，进而知道什么事该做、什么事不该做。适者生存，这是大自然一条永恒的定律，适者就是识时务者。

聪明的人懂得什么样的生活方式是值得选择的，同时知道哪些生活方式是不值得留恋的。运动不能保证让人长寿，但可以改善生命的质量。马可·奥勒留说："如果你还在乎你自己，那么就趁你还有一丝力气的时候行动起来，迅速找回现在就摆在你面前的理想目标，把游手好闲的空想抛到九霄云外，赶紧进行自我拯救吧。"

我也想说一句话："放下值与不值的纠缠，让我们先运动起来，在运动中优雅的老去。"

病人感谢我，还是我感谢病人？

2017年3月15日

我从医这么多年，收到过很多锦旗，有些是因为精准的治疗，让病人脱离了痛苦和危险；有些是因为认真负责，把病人当亲人的态度，让病人和家属获得了感动。

有时看到锦旗上的赞美语，我觉得有些言过其实，因为我们所做的实在没有那么好。所以，每当收到锦旗的时候，我反而会感受到极大的心理压力。

前两天护士长告诉我，一位病人家属又给我们送来一面锦旗。这是一位60岁出头的病人，因为脑血管病在家卧床10多年，期间经过数次抢救，这次因为昏迷导致呼吸衰竭，到医院就进行了气管插管。

后来病人的神志慢慢恢复，但气管插管老是拔不了，我觉得病人年龄还不是很大，就跟家属沟通能否给病人进行气管切开。同时，我们也积极想办法寻找拔管的机会，告知家属即使不能拔管，我们也会先试用对病人损伤较小的气管切开方法，保证将病人的痛苦降到最低。

这个病人的疾病并没有治愈，就目前的医疗水平，可能我们永远无法给出一个令病人和家属都满意的治疗结果，但家属还是表达了对我们的真诚感谢。

医生在查房的时候，常常会听到病人和家属对医生说："谢谢医生，给你们添麻烦了！"每当听到这些，我的内心就会感到特别不自然，感觉愧对病人和家属。

所以，我经常对病人和家属说："您不需要感谢我，您也没给我添任何麻烦。

"首先，为您看病就是我的工作，您能到我这里来，是因为您对我的信任，您也给了我一次临床实践的机会。其次，没有你们，我可能要喝西北风去了，我也永远成不了一个医术高超的好医生。"

虽然临床医生在上医学院的时候读了那么多书，而且比别的专业晚毕业好几年，但如果没有在病人身上的临床实践，我们就会慢慢淡忘从书本中学到的知识，我们的业务水平就无法提高，我们也别指望有朝一日会成为受人拥戴的好医生。因此，医生的命运和未来是由病人来决定的。

记得刚当医生的时候，每一次我们要在病人身上进行操作、做手术，高年资医生都会事先与病人和家属沟通，许多病人了解到这是为未来培养医生，他们都愿意让我们这些年轻医生在他们身上尝试。

虽然有高年资医生在一旁把关，不会给病人带来大的不适，但毕竟会因为我们手法不熟练给病人带来一些本可避免的痛苦。当然，也正是有了这些无私、大度、有远见的病人，我们这些当年无论在临床思维，还是在各种技能操作方面都显得青涩不成熟的小医生，如今才能在自己的临床工作岗位上担当大任。

我已经忘记在哪位病人身上做第一次查体、第一次腰穿、第一次胸穿、第一次骨穿，以及我的临床生涯所有的"第一次"，如果那时我认为一切都是理所应当的，没有对你们的支持说一声"谢谢"，今天在这里我要真诚地对你们补上一句"谢谢"。你们当年在疾病缠身的时候，给了我这样一位刚出茅庐的小医生临床锻炼的机会，这才使得我今天能在临床工作中继续走下去，我今天才能把这么多年在无数临床病人身上积累的诊治体会，用到更多的病人身上。

这种临床经验就像滚雪球，每天都在使我进步，使我看到医疗工作的局限、我自己能力的局限，使我认识到临床的学习是永无止境的。我越来越真切地感受到病人是我们每位医生的衣食父母，从病人身上，医生找到了灵感；从病人身上，医生获得了荣誉；从病人身上，医生知道了自己的使命。

由此看来，我们每位医生都要对病人道一声感谢。

这几年急诊收治的肿瘤晚期病人越来越多，对于这些病人，已经没有确切的医疗手段能够治愈他们，医生能够做的，更多的是姑息治疗和临床关爱。

在急诊查房时，我会关注这两类病人，一类是复杂危重症病人，一类是肿瘤晚期病人。在前者面前，是跟医生一起商讨诊疗和救治方案；而后者已不存在具体明确的救治方案，更多的时候是与这些病人聊聊天。这些人大多都已知道他们的时日不多，医生的关怀能让他们更冷静、更平和地面对生死。

看到他们，你才能真正体会到，在小学课本中早已学过却从未真正理解的"视死如归"。小时候听了那么多不怕死的英雄的故事，但当我接触到这些肿瘤晚期病人时，他们淡定的眼神，他们平静的交谈，他们那双还算有力的手，以及他们不时露出的会心微笑，这些都折服了我。

我是一名医生，但我更是一个有血有肉的人。这些病人在外人看来，只是行将离开这个世界的普通病人，但在我的心里，他们是不怕死的英雄。

跟他们在一起，我会感受到一种力量，这种力量来自心底，是油然而生的，不存在任何虚伪。跟他们在一起，我的爱心被唤起，我觉得应该为这个世界做些什么，为病人做些什么。跟他们在一起，思想是那样纯粹，疾病已变得不那么可怕，谈起生和死，如同讲述一段美好的故事。我要感谢这些病人在他们生命的最后一刻给我的心灵带来的净化。

从医30年，每走一步，都有许多病人陪伴着我；每做一件事，都能从病人身上得到灵感；每取得一点小小的成绩，都来源于我的病人。

医生不易，病人更难，病人除了承受躯体和心理的双重压力外，还要承受不确定医疗带来的痛苦。尊重病人，关爱病人，感谢他们成就了人类医学的进步。

再一次真诚地说一声：谢谢您，我的病人！

接受跑步光用数据不行，还要改变观念

2017年6月9日

　　我在文章《跑步真的伤害关节吗？》引用了2017年6月《骨科与运动物理治疗杂志》，即英文名字是：（Journal of Orthopaedic & Sport Physical Therapy）的文章。

　　文章指出：健身跑步者的关节炎发生率是3.5%，久坐不动人群的关节炎发生率是10.2%，竞技跑步者的关节炎发生率是13.3%。

　　文章统计的数据显示，正常人每周的跑量在92千米以下，即每天13千米以下，都不属于大运动量跑步，也就是说在这个运动量之下跑步都是安全的，发生关节炎的概率只有3.5%。

　　所以，就算你故意想要通过跑步来损伤膝关节，都不一定办得到。对于非职业长跑选手的普通人来说，每天跑13千米，做起来不容易。

　　于是乎有人说这篇文章给长久以来经常跑步会导致关节炎的争议画上了一个句号，即对于普通人来说，跑步是有利于关节健康的。为证实消息的真伪我特意把文章的原文下载看了一遍，确有其事。

　　一直以来，由于职业的关系，我很关注身体健康问题，因为得病就意味着身体暂时告别了健康。俗话说：牙疼不是病，疼起来真要命；活人能让尿憋死；感冒也会死人。由此看来，身体的每个部分都很重要，全身上上下下，不管哪里出了问题，都得重视。但现实生活中，人们在看问题的时候，常常不用数据说话，而是以自己的主观想法为中心。他们按照自己的心思，把问题夸大或缩小，有时还带有偏见，更多的时候，带有强烈的从众心理。

说到跑步健身这件事情，不知从什么时候起，大家因为跑步可能会对关节造成损伤，而对跑步产生了畏惧心理。虽然许多人从来就没有跑过步，更没有关节受伤的体验。在这种怕关节受伤的心理支配下，人们小心呵护着自己的关节，唯恐关节受到一丁点儿委屈。自从人们有了越来越便捷的生活助手（如汽车、外卖和网购）后，用腿的时间越来越少，大家把两条珍贵的腿作为装饰物存放在了自己制备的"博物馆"中珍藏起来，为其名曰"保护关节"。作为医生我从来不认为关节的好坏无所谓。因为腿一旦不能行走，就注定了我们的人生价值失去了很多，我们对生活的享受也会随之崩塌。

可人的腿生下来就是用来走和跑的，在远古跑步让人类躲避了大自然带来的各种灾害，让人类获得了可以与其他生物共同生存的机会，更让人类具备了强壮的体魄。作为医生都知道，世上的疾病有很多，但真正能治好的只有很少的一部分，因为许多疾病的病因和机制尚不清，医生对任何疾病都不敢说有把握能治好。但人不是纸糊的，人的身体具有很强的自身修复能力。在希波克拉底时期，医生治病的最好办法就是促进病人身体的自身修复。修复是人的本能，而本能发挥的前提是人在生长过程中要符合自然规律。而人为地把先天存在的本能静止不用，让其萎缩退化，显然对身体的健康将会产生巨大的影响。

人的骨子里有很多劣性，如怕苦、怕累。如果纵容劣性，不去寻找与之抗衡的办法，人的一生将会陷入绝境。

我跑了11年的步，也遇到过肌肉的疼痛、韧带的拉伤、趾甲的脱落。但随着时间的推移，一切都慢慢恢复了正常。在与伤病对抗的过程中，我认识到了身体的强大；在一路的奔跑中，我体会到了身体顽强的自愈力。人的关节也好，韧带也罢，并不像有些人想象得那样脆弱、禁不住磨损。

我现在每次跑步大多是12千米，每周坚持3~4次，这已经被朋友们认为是具有很强的意志力了，甚至有些朋友说我患了跑步强迫症。

在这个运动量下，我的体脂率向着达标方向走，精神处在兴奋状态时导致思绪奔涌，四肢表现出与我这个年纪不相符合的灵活性和柔韧性。

对于普通跑步者，我个人认为不需要太在意关节受损这件事，因为你根本就够不上那个跑量。

对于跑步锻炼我可以现身说法，摆事实，讲道理，但不强迫。所以这篇跑步与骨关节炎之间关系的文章，虽然数据很鼓舞人心，结论也对跑步者有利，但到底能激发起多少观望者跑起来，我的心里没有底。跑步锻炼是自己的事，谁获益谁知道。身体更是自己的，谁有病谁痛苦。

伏天跑步是什么感受？

2017年7月13日

昨天是北京入伏的第一天，最高温度和几天前差不多，甚至还感觉中午太阳的热度较之前低了一些。像往常一样下班后第一件事就是到体育场锻炼。操场上还是聚集了不少锻炼的男男女女，老老少少，有踢球的，有快走的，有跑步的，有练器械的，还有妈妈陪着孩子在沙坑里玩沙子。

昨天是周三，操场上有一个叫"快乐跑团"的公益组织，他们的部分成员固定在这里集合，一起训练，一起跑步，不知他们是否肩负着推动全民跑步的任务，而定期到各个体育场巡回展示。

操场的一角，飘扬着他们的团旗，上面写着"快乐跑团"。团旗周围堆放着团员们的背包、饮用水，每个团员看上去都兴高采烈，聊的都是与跑步有关的事宜。

这些人年龄不等，有男有女，有些人和我年龄相仿。团队里面还真有几个厉害的跑手，起跑速度一上来就很快，一溜烟就跑完一圈，据说都是马拉松好手，跑完全程的时间在3小时30分钟左右。有两个女孩子给我印象很深，她们看上去20多岁，身材苗条，跑姿优美，跟在第一方阵基本是男性的跑团里一点都不甘落后，自始至终不曾掉队，我只有说厉害的份了。

当天我按部就班做完器械训练，没有产生任何疲劳感，出的汗也不如前两天完成器械运动后出的多。看看周围跑步的人，大多是熟面孔，步履轻盈，表情也很轻松。我想虽然今天是入伏，看大家的表现，我估计跑下10千米不会有太大的问题。

这些日子随着温度的升高，每当跑步的时候，我都去北京邮电大学体育场。虽然在那里锻炼的人非常多，但它里面有厕所和洗手池，一旦热了，就可以跑到水池旁给自己的身体降降温，很是方便。另外，北京邮电大学体育场里没有器械，除了跑步就是走路的人，不会被不相关的人打乱节奏，这也是我喜欢的。

昨天的北京邮电大学体育场和往常一样，没有受到入伏的影响，人仍然很多。估计有许多人是刚吃完入伏的饺子，想到体育场走一走或跑一跑，让它快点消化，别让入伏的饺子成为累赘影响了健康。可我就没有这样好的口福了，现在肚子还是空空的。当然伏天吃饺子一直也没成为我生活中的习惯，在入伏第一天跑上一遭，对我来说比吃饺子更重要。

晚上近8点，做完跑前的拉伸，补充了水分，用自来水把脸、脖子、两只胳膊都洗了个遍，脸上挂着水珠准备开始跑步。要是在以前，水往身上一淋，不管有风还是没风，身体都会有一些凉爽的感觉，跑步的精神头自然也就提起来了。

可是昨天多多少少有些例外，除了水珠把双眼模糊了，盼望的凉飕飕感觉一点也没来。也许这就是入伏了吧。

我是很怵热天跑步的，一是提不起精神，二是体力消耗太大。所以昨天一起跑就感觉气力不够，但我怀疑这不是真正的体力问题，纯属精神压力在作怪。一路盘算着跑多少距离停下来，在什么时间节点去喝水，或者干脆不行就不跑了，反正这些日子的跑量也够了。总之，这是在往常即使跑上20千米也不曾想过的事。

人性的弱点都是这样，遇到困难不是第一时间想办法如何克服，而是尽量躲避，甚至举手投降；不是从心态上以乐观的态度积极面对，而是用悲观厌战的情绪填塞大脑，真是"出师未捷心先死"。我这跑上十几年的老手都是这样，更不用说那些新手了，为什么说万事开头难呢，就是事还没开头，畏惧困难的想法已经蠢蠢欲动了。

还好想归想，怕归怕，我对自己的身体状况还是略知一二的，加上跑了这么多年，也培养了一些吃苦耐劳、不达目的誓不罢休的体育精神，即使咬牙跺脚，配速再慢，我还是要坚持完成这10千米的预定目标。

伏天跑步不单单是强化体能的问题，完全是一场精神的洗礼和意志力的较量。俗话说：冬练三九，夏练三伏，就是想让人们在这种恶劣的环境中修炼意志，打造品格。许多时候跑步往往已超出了锻炼身体本身，精神的收获大于体能上的获益。

当然对那些从没有锻炼习惯的人，千万不要在这种恶劣的环境下考验自己的意志力。有可能真正的考验还没到来，身体先倒下了。

前5千米我一步没停地跑了下来，虽然配速不快，但心里还是犹如一团火在燃烧。当时气温超过了30℃，汗水早已把衣裤浸透，周围热浪滚滚，内外夹攻导致体力消耗很大。跑步锻炼要把握度，既要坚持，又不能逞能。身体虽然不是纸糊的，但也存在极限。

生活的常识告诉我，该收手时就收手，不要盲目冒进，因为身体是革命的本钱。在5千米结束的时候，我第一次跑到水龙头下给身体降温，以后又分别在完成7千米、9千米的时候停下来给自己补水，这种跑法在以前是没有过的。最后，我以1小时9分跑完了10.42千米。到终点的一刹那，身体完全放松，既没有气喘吁吁，也没有走不动路；精神瞬间放松了，感觉周围的空气清清凉凉，心中的那种燥热感顷刻消失得无影无踪。

身体就是这样奇怪，刚才还痛苦难忍，现在就好了伤疤忘了痛，完全是一种情不自禁的高兴，不受自己的控制，完全是内啡肽"惹的祸"。

伏天跑步，同样可以给人带来愉悦的感受。

　　每次跑步都是以痛苦开头,以快乐结尾。当然痛苦是暂时的,快乐也是短暂的,但由其引发的获益却是长久的、终身的。这种获益包括了身体的健康和心智的开悟。跑步已成了我生活中的习惯,现在它又成了我的工作帮手。

　　今天在为一位处于亚健康状态的"白领"看病时,结合自己的跑步体会,我为他开出了一张没有药物的处方——运动。病人觉得很新颖,也非常乐意接受。虽然是新生事物,病人获益,医生满意,多么和谐的医患关系,何乐而不为呢?医生不是光为治病而做事,医生更应该为防病而做事。

　　快乐地跑,健康地跑,许多病就会被我们拒之门外。这就是我伏天跑步的感受。

找苦吃的人有，找病得的人也不少

2017年8月22日

人天生是一种享受型的动物，骨子里都不爱吃苦。所以为了满足人的这个天性，现在世上做的许多事，都是让人逃避吃苦，安于享受。当然话不能说的那么直白，还得给它戴一顶"高帽"，美其名曰：为了节省时间，提高效率，有效保护自己，把劲用在最关键的地方。

外卖让人不出门就可以吃到各家餐馆热腾腾的饭菜；洗衣机、洗碗机让人看着电视打着电话就把惹人烦的苦差事干完了，主妇们再也不要担心细皮嫩肉会变得粗糙不堪了。

由于科技的发展，理念的变革，看似让人吃苦的事是越来越少了，让人享乐的事做起来越来越方便了。足不出户，似乎什么事都可以做到，再也不用担心风吹雨淋了。

就在人们沾沾自喜忘乎所以的时候，突然有一天发现，人的内心越来越压抑了，对外界的兴趣越来越淡漠了，贪欲之心却越来越强烈了。人们一边享受着高科技给生活带来的便捷，一边遭受着贪欲带来的精神上的煎熬。

苦和乐本身就是一棵藤上的两个瓜，一个母体中的一对孪生兄弟。没有苦就没有乐，苦与乐息息相关，也只有借助于苦才能让我们体会什么是乐。

所以真正追求享乐的人，一定是先找苦吃的人。千里之行苦开始。人生只有经历了苦，才会变得思想成熟；人生也只有经历了苦的磨难，才可以使身体变得强壮，才能对外界的侵扰产生良好的免疫力。

我在别人眼里算是一个找苦吃的人，因为我要一年四季坚持跑步，不管是刮风下雨，还是寒冬酷暑。人们对苦的定义更多的是来自对躯体的折磨，劳动是苦，它让人腰酸背痛；锻炼是苦，它让人气喘吁吁。但人们却忽视了世间最大的苦是来自精神的苦，这种苦可以让人痛不欲生，生不如死。而躯体的苦又恰恰是治疗精神的苦的一剂良药，劳动成就了收获，锻炼成就了健康。也正是因为明白了这个道理，包括我在内，世上才有成千上万找苦吃的人的存在。

今天查房看了3位病人。第一个病人40多岁，急性胰腺炎住院。病史很明确，吃喝不节制——喝大酒吃大肉。病人自己也清楚患病的根源在哪，因为5年前，他已经犯过一次急性胰腺炎了。那是他第一次得这个病，原因同这次一样，也是喝酒、吃油腻的东西过多。

吃喝舒服了，可病痛的苦却不是那么好忍的。有了一次痛苦的经历，病人开始戒酒并注意饮食，数年来胰腺相安无事。可他好了伤疤忘了痛，开始少量吃油腻的大肉，不时与朋友喝上一顿大酒。看到胰腺还是那么规规矩矩，没有什么反应，这时贪图享乐的思想被彻底激发了起来，他便毫无顾忌地大肉照吃大酒常喝，致使5年后又一次因为急性胰腺炎住到了医院。

他第一次患病可以认为是对医学知识懂得过少，可以原谅，第二次患病可就是自己找的了。

第二个病人63岁，高热，泌尿系感染住院。3周前在新疆出差的时候，出现高热、乏力，在当地治疗4天效果不好，被人送回北京。在北京的医院检查没有太大的问题，经治疗体温也趋于稳定，但还没有完全恢复，如果再休息一些时日，病也许就好了。

可病人却选择又回到新疆继续未完成的工作，体温很快反弹，第二次被人送回北京住进了医院里。我问完病史，站在旁边病人的爱人当着我的面说病人：纯属作的。我心里很赞同他爱人的话：说得对极了，如果你在家好好休息，何必受这二茬罪呢？"

第三个病人也是60多岁，因为发热、肺部感染、低氧血症住院。病人有着非常不好的生活习惯——长期饮酒吸烟，不运动，看电视到凌晨三四点。我问病人不喝酒行不行，他说："我喝酒就是把饭送到胃里去，否则我一口饭也吃不下去。"病人的爱人让我好好管管他，估计病人在家做的还过分，否则病人的营养和免疫力就不会这么差了。当然这个病人在医生面前还算听话，不反驳我对他的说教，可能在注意身体健康这方面他自知理亏。

找苦吃的人，在外人眼里看来都是有些"傻"，世上那么多享乐的事不做，为什么专捡那些麻烦的事去啃。殊不知苦中有乐，乐在其中。拿运动的苦来说，初始肌肉的酸痛、跑步的疲乏都是在为肌肉的强壮和内啡肽的释放做前期铺垫。运动的苦一定是黎明前的曙光，雨后的彩虹。先乐不是乐，后乐才耐人寻味。

当然谁都不会在嘴上说，我是一个找病的人。但为什么在实际生活中总有那么多找病的人呢？人普遍都存在侥幸心理，只是在找病的人心里，侥幸这两个字会不时地在他们的脑海中浮现，最终侥幸享乐成了他们生活中的行动准则。

得病不是一件好事，但对于那些因为侥幸生病的人来说，并不一定是一件坏事，当然前提是不要得治不了的病。俗话说：不撞南墙不回头。疾病的苦，多多少少会让那些本不应该得病的人，头脑会清醒一下，反思一下，看来心存侥幸还真不能让人处处化险为夷。

医生做久了，真为那些自己找病的人遗憾。文中谈到的3位病人，经过治疗，病情都已经稳定。这样看来，他们是幸运的，但不可否认他们也经历了疾病的折磨和痛苦。临床还有许多类似的病人就没有这样的好运气了，生病的苦也受了，最后的结局非残即死。

脑子里有了找苦吃的思想，就会把找苦吃的身体锻炼强大。防微杜渐，摒弃侥幸，不失为一个人人都该选择的健康生活理念。世上的苦何其多，躲也躲不掉，面对它，适应它，就会有收获。世上的病有先天的，有外界给予的，有自找的。避免自找病要靠人的顿悟，而通过苦的修炼可以减轻或减少先天和外界给予的疾病。让找苦吃的人多一些，找病得的人少一些，这也应该成为医生工作内容的一部分。

在健康这件事上也要做一个聪明人

2017年9月30日

世上聪明人很多，发明家、成功企业的老总、有成就的科学家、大咖级的教授、知名艺术家……只要没有先天智力障碍或后天脑部受损，大多数普通人智商也都可以。

按理说聪明的人就会做聪明的事，但经常会看到聪明人并没有都做聪明事。拿身体健康这件事来说，许许多多的人都没把聪明劲用在这方面。

前几天，一位36岁的小伙子，胸闷已经1周了，但他不当回事，继续工作，烟不离手，根本没想到要来看医生。直到发生了呼吸心跳的停止送到医院，好在抢救及时，命保住了。检查他的心脏血管，才发现病变已经发生很长时间了。

还有一位30岁的男性病人，间断性肚子痛，自己不在意，既不化验也不诊断，随便到小诊所输输液，用点药就回家了。这次肚子疼，他如法炮制，但治了2天，不但没痊愈，症状反而越来越重。他只得到正规医院来看。最后被诊断为：急性胰腺炎，胃潴留，腹膜炎。因为他的小聪明，病情被耽误了，身体还受罪。他们做的是聪明事，还是糊涂事，是个人都可以当裁判。

医生当久了，看了那么多病人，也见识了形形色色的疾病，迄今为止，我还没有发现哪个病是不痛苦的，是病人争先恐后都想得的。所以说世上最痛苦的事就是得病，世上最快乐的事是无病一身轻。道理是这样说，但就现实来看，几乎一半以上是自己找的病（没有做科学的数字统计）。

我把我碰到的病人分为四类。

第一类是有先天就有的病，没有办法，但这类病人一般不多。

第二类是由天灾人祸导致的病，比如地震、泥石流、传染病的暴发等，这也没有办法，当然这些也不是医院主流的病人。

第三类是虽然小心呵护自己的身体，还是不幸得病的人，包括呵护身体过了头的，也包括偏信保健产品或者被改头换面的假专家误导而走火入魔的病人。

第四类是聪明反被聪明误的病人，对别人讲大概率事件，对自己用小概率事件，凭运气凭侥幸，结果还是把病找上来了，而且找的病都不轻，有时不死也会残。

医学上有些病防不胜防，如遗传病、传染病、地方病、肿瘤等。但随着现代科技的发展，人们生活水平的改善，医疗检测手段的提高，对这些疾病有了更好的解决办法。如婚前检查、产前检查可以规避一些遗传疾病的发生；良好的卫生条件和物质生活的富足可以减少传染病和地方病的出现；早期基因检测和基因的靶向治疗可以把早期肿瘤扼杀在摇篮中。

现阶段很多疾病是可以预防的，如果疾病处在早期还可治愈。如果把这些可预防的疾病处理好，就可以远离病痛，无忧无虑地工作，安安康康地生活。还有一些疾病，医学上是没法预防的，得上这种疾病，跟病人主观关系不太大。那些早期可防可治的疾病，如果因为病人主观上的忽视和拖延而导致病情恶化，就是自己的原因了。

有些"聪明人"想当然地以为医生什么病都见过，什么病都能治，甚至可以起死回生。医生聪明不假，学上得长，书看得多，活干得累，假休得少。但不要忘了疾病千变万化，医生道高一尺，疾病会魔高一丈。所以，医生在与疾病的对决中，从来没有100%的胜算。

　　如何做一个真正的聪明人？第一件事就是不要把自己健康一股脑地交给医院，交给医生。健康是一切事物的基础，是一切事物的根基。没有坚固的根基，再好的大厦也是摇摇欲坠的，躲过了初一躲不过十五，早晚会轰然倒塌。人一辈子不可能不得病，但人一下子就得了要死要活的病也比较少见。所以得病是大概率事件，瞬间就得了致命的病是小概率事件。

　　身体从不势利，又待人真诚，谁对它好谁对它不好，它一清二楚，也会投桃报李。聪明的人不要跟身体耍小心眼，虽然它有宽容心，但会记小账，更会秋后算账。这样看来，如何评价身体，我还真找不到一个合适的词，只能说它很耿直罢了。

　　健康与饮食相关、与心情相关、与睡眠相关、与运动相关，这些都是人最原始的本能，是人最应该明白的事理。所以，想要保持健康对聪明人来讲应该是一件很容易的事情。

　　当然现代社会与原始社会不一样了，对健康的特别关注使得营养学大行其道，大家被各种营养专家的理念搞得晕头晕脑。人工合成食品取代天然食品，成了饭桌上的常客，还美其名曰：营养搭配。所以，聪明人在吃这方面还得动动脑子，进食之前看一看食物是不是健康，千万不要给什么吃什么，吃嘛嘛香。

　　人活着就要快乐，快乐就得有好心情。老话说：知足者常乐。世间的事情千千万万，能做好一件就不容易了。不要看着碗里的，还想着锅里的。该放手时就放手，它对享有好心情百利而无一害。

　　睡眠与健康密切相关，有人为了工作可以几天几夜不合眼，但结果一定是人不是人鬼不是鬼的面色，长久下去就会落得个身体健康鸡飞蛋打的结局。

　　当然睡眠会存在一些个体差异，有些人睡5个小时就可以精神抖擞、斗志昂扬，但多数人需要保证7个小时的睡眠。临床上，许多疾病不用靠药物治疗，只要有足够的睡

眠，疾病就可以康复，如感冒。所以，睡眠是每位医生在药物之外，都要给病人开的处方。好的睡眠可以使疲劳的身体得到休息，受损的细胞得到修复。

有研究表明，睡眠少于7小时，我们的健康就会出现问题。另外，阿尔茨海默病、癌症、肥胖症、焦虑、抑郁、自杀都与睡眠不足存在很强的直接因果关系。聪明人要记住，睡和不睡就是不一样。拿咖啡提神缩短睡眠的办法是不科学的，只能说是投机取巧。

运动在健康中的分量是有目共睹的，也越来越多地被聪明人所认可。只是许多聪明人认为，现在身体没有不适的感觉，就可以先不做运动。但聪明人却忘了运动是祖先传给我们的无价之宝，如果当时祖先不擅长运动的话，很难说还会不会有我们今天的人类。

运动强壮了祖先的体魄，能够扛得住寒冷的侵袭，也可以耐受得住烈日的暴晒；运动可以让祖先比其他动物更快获得食物；运动可以让祖先尽快地逃避天灾和其他动物的侵害。除此之外，运动可以给人的身体锦上添花，它可以让你好上加好，难道聪明人不明白这个道理吗？

所以，运动开始得越早，身体获益的时间就越长，远离疾病的机会就越大。

疾病是治早不治晚，治轻不治重。为什么这样说呢？因为身体疾病的复原来自自身的修复加上药物和手术的辅助。而且身体的修复是主要的，医生的辅助是次要的。但身体的修复是有前提条件的，就是不能超出它的代偿能力，这里的代偿包括了强度和时间。身体被破坏的强度大，被破坏的时间长，自身修复的能力就会大大减弱，这时就只能靠医生手里的药物和手术的辅助了。

辅助治疗毕竟处在修复之后，所以医生碰到了重病、晚期病，就不会有十足的把握，即使手中握有高科技的药品，高大上的器械，有时疾病的恢复也只能听天由命。

古人早就把疾病的治疗结局讲明白了，提出了"上医治未病，中医治欲病，下医治已病"。

要让医生来评定这个世界上谁是聪明人，医生一定会说不自己找病的人就是聪明人。

什么叫身体棒？

2017年10月12日

一位胃癌多发转移的病人，男性，57岁，生命已危在旦夕，向家属询问之前病人的身体情况如何？家属回答：身体棒着呢。

在临床工作中，医生要了解每个病人既往史的情况。当被问到这个问题的时候，病人或家属经常会对医生说：以前身体棒着呢。乍一听身体棒就是大家理解的身体健康，可是至今也没有人给"身体棒"下一个科学的定义或可参考的量化指标，至少我是没有查到过相关方面的文献。

所以身体棒更多是老百姓的口头语，是依据每个人对身体健康的理解，主观给身体好做的结论，科学性不强，很多时候准确性也存在偏差。

为什么这样说呢？因为在临床中你就会发现那些被家属和自己认为身体棒的人，就诊时一检查，身体合格的指标没有几项，显然用这次疾病来解释那么多不正常的指标是缺乏根据的，其实疾病早就在体内了，只是当事者不知道或忽视了而已。医生如果不动脑子分析，顺着别人思路走，很可能就被人带进沟里去了。

医生如何理解身体棒？

医生要把自己当个普通人，按普通人的思维揣摩一下什么是身体棒。其一，如果没有和往常不同的不适症状，工作、生活、饮食如常，体力劳动者，劳动强度跟之前比差不多，这就是大部分老百姓认为的身体棒；其二，对于那些喜欢用数字说话的老百姓，就会把一年一度的查体结果作为身体棒的标准，只要检查指标正常就是身体棒；其三，有些上了年纪的老百姓认为眼不花、耳不聋、背不驼就是身体棒；其四，拿起碗能吃、倒在床上能睡也被老百姓认为是身体棒的一个标准；其五，有些人把去医院的次数也作为衡量身体棒的风向标，一句"从小到大没来过医院"就代替了身体棒这三个字。

当然还可以列出更多身体棒的说辞。不能说老百姓的想法没有道理，这些都是生活的常识，但它又不能作为放之四海而皆准的真理。因为人体还有很多未解之谜。所以，身体棒不棒不是两句话就能说清楚的事。

一般来讲，要是一位有经验的医生，一定不会轻易下结论说这个人的身体棒不棒，因为医生知道他是要对诊断负责任的。而病人和家属在说身体棒不棒的时候，也应该掂量一下，有时不巧把话说过了头是要耽误事情的。

身体棒没有客观的标准，实际就是想表明人的身体健康。当医生这么多年，也坚持跑步11年，没有住过院，只打过一次点滴，但我不敢说自己就是一个健康的人。因为身体的化验指标也不是全正常，随着年龄的增长，还有了甲状腺结节、肾结石、胆囊息肉、肝囊肿。所以用化验指标来衡量身体健康，我肯定不合格。可对一个还能跑马拉松的人来说，你说他身体不棒又不符合常理。但不管怎么说我对自己身体还是小心翼翼呵护，不是我对自己没有自信，而是许多时候，身体好坏的决定权不掌握在自己手里。

我的父亲不吸烟不饮酒，生活规律，80多岁什么家务活都能干，6月份肝脏核磁还没有问题，11月份肝脏B超就可以见到转移的肿瘤，不到半年就去世了。之前谁见到父亲，都说父亲身体棒。当然这些人说这话不是奉承，因为我也是这么认为。

看来肿瘤这个病与身体棒没有什么太大的关系，可能还是由于人的基因发生了变异造成的。我们知道人的机体有很好的代偿能力，虽然经受了许多不良因素的侵害，可它不会马上表现出任何不舒服的症状，我们从外表上也看不出任何破绽来，会认为身体很棒。比如吸烟对身体有危害是不容置疑的，连"烟民"都不否认这个事实，但吸烟把身体吸出明显症状来，至少得需要一年半载，甚至更长的时间。所以对于身体，有些事我们能看得见管得了，而有些事看不见就没法管了，更何况有时候即使看见了，也当作没看见就是不想管。

身体棒不棒那都是外人说的，有时它中看不中用。医生会依据人有没有不舒服的症状，看一看能查到的化验指标，进而判断人当下有无明确的躯体或心理疾病。即使没有诊断出疾病，也不能说身体完全没有问题，只是从医生掌握的资料层面来评价现在身体没有大的毛病。

当然潜伏的癌症，处在代偿期的疾病是不好读出来的。有人说医生这样说话太含糊。不是医生故意这样做，因为要从准确、科学的角度定义身体棒不棒，只有神知道了。要让我评价身体棒不棒，我既不会按照老百姓的理解去做，也不会沿着科学严谨的态度去考虑。更多依据的是医学理论、自己的真凭实感、临床悟出的道理。

身体棒不棒有感性认识和理性认识。自我感觉好，吃得香睡得熟，心里乐呵呵，这是一种感性的身体棒。对于这种身体棒我也很认可，难道这不就是多数人活着的乐趣吗？身体没有不适，现有能做的检查结果正常或基本正常，这是一种理性的身体棒。我更加认可后一种身体棒，它可以在一段时期让人无后顾之忧地生活，何乐而不为呢？

除此之外，我还认可一些带有疾病的身体棒。这可能违反了通常大家能接受的身体棒的定义，但我坚持。慢性病病人、肿瘤病人，如果从身体健康的角度看这些都是病人,病人怎么还能说身体棒呢? 但这些病人乐观向上,生活质量良好,也可以说是身体棒。

人活着要自食其力,人活着更要精神愉悦、心情快乐,我们常常祝福别人: 健康快乐每一天! 这里包含了身体和心情两方面因素。所以即使人躯体染上了疾病,但精神不倒,心情愉快,勇敢面对疾病,这本身就是一种内心强大和身体棒的表现。

人上了一定年纪,都会有器官功能的老化或衰退症状,但食欲好,老人就不会出现营养不良的状况,营养是维护老年机体免疫功能不可或缺的重要一环。食欲好对于老年人健康非常重要。人老了不能缺嘴,吃嘛嘛香就是身体棒。

身体棒没有尺度,没有标准。因人而异,因人而定。寻着健康的理念去维护: 注意饮食、关注心情、加强运动、保证睡眠,就已经走在了身体棒的路上了。身体没有绝对的棒,但有相对的好。只要对身体精心呵护,就会换来身体健康给你的回报。

人做不到长生不老,但却可以享受到健康快乐的每一天。人做不到不得病,但不能因为生病失去拥抱美好生活的勇气。所以,身体棒不棒更多不在躯体,而在心理。

病榻上的思考最接近智慧

2017年10月20日

从生物钟角度分析，清晨一觉醒来，精神矍铄，头脑清楚，许多人愿意把重大的事情放在这个时段思考。因为大脑在这个时候思维最活跃、效率也最高，考虑问题最成熟、也最全面，不易出现偏差。

我非常认可这个结论，因为今年的诺贝尔生理医学奖就授予了研究生物钟基因的三位科学家。可是这里人们只关注到了头脑的清醒，脑细胞能量供给的旺盛，却忽视了心灵对思考的把控。

心灵是形而上的东西，看不见摸不着，可它却对事物的本质和内涵有着不可或缺的影响。在思考时，时间上的选择是一个量的概念，重要但不是决定性的；而思考触及了心灵，由心灵产生的思考是最接近于人的智慧，这是一个质的概念，它对事物的走向起着一锤定音的作用。

曾经接诊过一位30多岁的女性急性胰腺炎病人。病人来时，肚子痛得厉害，她说，这种病前所未有，让她感觉生不如死。但在病榻上两天的痛苦感受，又让她大彻大悟，颇有些坏事变好事的戏剧效果。

病人告诉我，1年前，她开始规律地在户外做健身走，坚持了一段时间，整个人的身体素质有了很大的改善，但户外的阳光还是对皮肤产生了一些影响，黑与白、美与丑开始在脑子里展开博弈，最终，为了美，她放弃了锻炼。

停止运动后不久身体开始发福，瘦与胖、节食与美餐又开始在脑海中产生了对抗。女人的天性就是为了美愿意牺牲自己而成全观众，对自己的相貌超乎寻常地在乎。女人这时候的思考没有哲学性，喜欢从众，而从众会使人变得愚钝。

病人开始了一天两顿苦行僧似的饮食。憋了很久，终于在发病之前有了享受美食的机会。人的致命弱点就是在诱惑面前容易迷失，如果没有经过心灵的洗礼，谁都会在"美好"的陷阱里进行约会，不管是男人还是女人。

两顿油腻的饮食加上辛辣的火锅，就把自己送到了这个世上最不愿意来的地方，而且是带着有生以来最大的痛苦。

见到我时，病人还腹痛，表情也不轻松，但还是尽力配合我完成了病史的询问。如果我不是医生的话，按病人的难受程度，此时肯定是一点都不愿意搭理我。

能看出来病人平常是一个比较有主见、有经历的人。我想之前她可能也做过很多有思考的决断。

我耐心地把她的病情分析给她听，把下一步的治疗方案跟她简单地谈了谈。病人没有什么表情，话也不多。

隔了两日再见到病人，她的腹痛减轻了一些，我们之间的谈话也轻松了不少。病榻上的痛苦经历，也让病人开始顿悟了。虽然不是清晨的思考，但那种在病榻上辗转反侧痛不欲生的思考一定是触及了心灵深处。

病人说：这几天的经历这辈子再也不想遇到了，人首先要为自己而活，为自己就是为健康，其他都是附属产品。我要恢复运动，我要规律饮食，我要减少油腻辛辣食品的摄入。

我相信病人的话语是真诚的，虽然只有短短几天的思考时间，但却是经过深思熟

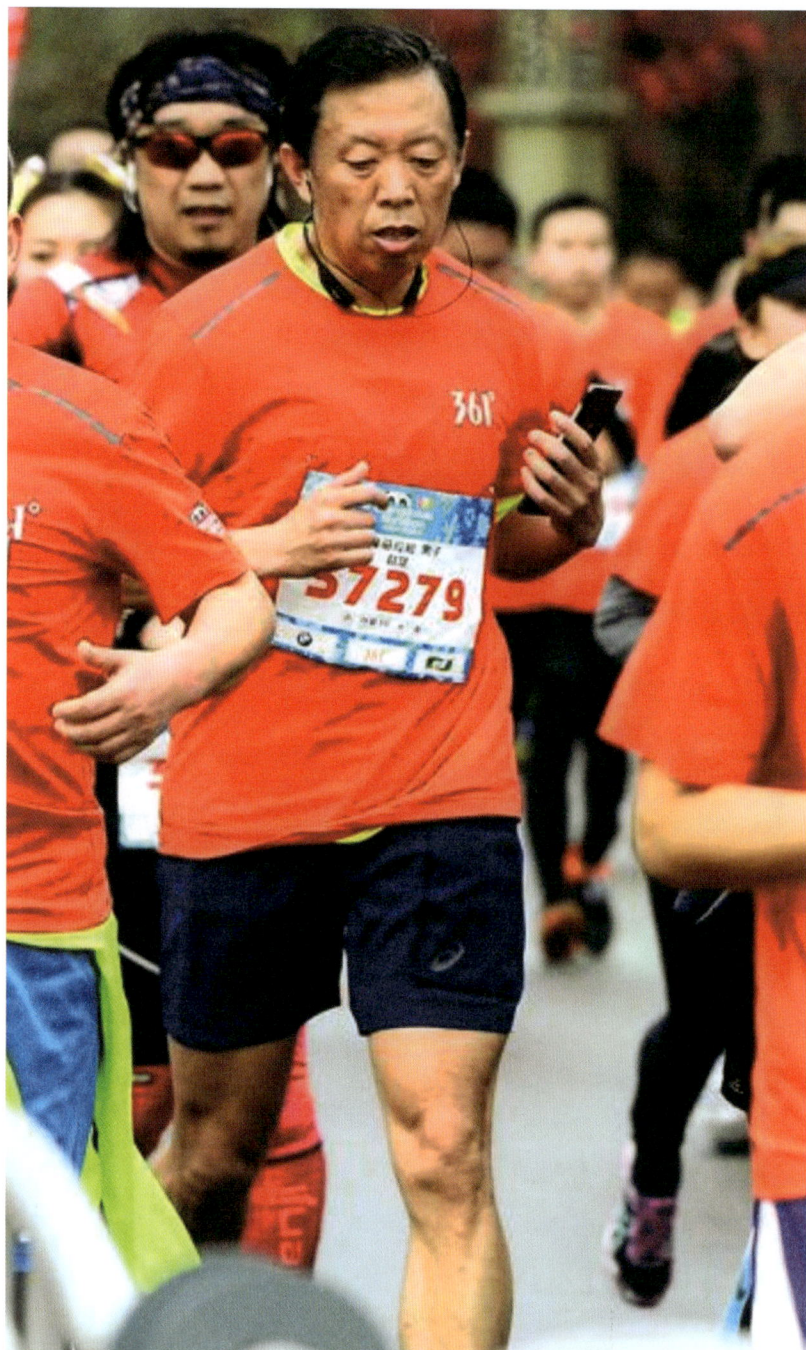

虑，并非一时冲动。只有挨过饿的人才知道什么是饥饿；只有在数九寒冬居住过的人才知道什么是寒冷；只有经历过一贫如洗的人才知道贫穷的可怕；也只有受过疾病折磨的人才知道什么是世上真正的痛苦。

生与死的话题历来都是和哲学相关，一般人的思维常常搞不清楚闹不明白。世上离死亡最近的就是疾病，每每遇到疾病的时候，人的思维是最真诚的，也是最无助的。

无病的聪明人有的是，成就大事业的聪明人也不少，可仍有聪明一世糊涂一时的人，也有聪明反被聪明误的人，所以聪明的点子和智慧的思想相比，还是有一定的差距。智慧是人们对待事物所拥有的判断能力和应变能力，而聪明，并不意味着具有这样的能力。

智慧与心灵相通，智慧更多的时候需要心灵的启迪。看得见摸得着的事情好处理，看不见摸不着的事情难把握。后者需要用脑去想，用心去悟。

得意、顺利、喜悦，易让人乐极生悲；而痛苦、疾病、濒临死亡会让人痛定思痛、茅塞顿开。

人具有无限的潜能，人也不缺乏理性的思维，但虚荣、安逸、自大会禁锢人们这些好的品质。

病榻上的人是一个最原始的人、一个最自我的人、一个最痛苦的人、一个最孤独的人、一个最脆弱的人、一个愿意放弃一切只求生的人。

在病人眼里美貌不重要、金钱无所谓、地位不关心。可以说病人在这时对世上有形的东西无欲无求，一切回归原始，唯有形而上的思考可以让病人的精神得到抚慰。

病榻上的思考最接近自然，没有世俗的困惑；病榻上的思考有了做哲学家的感觉；病榻上的思考回归了人的本性，健康是自己的，其他都是身外之物，生不带来，死不带去；病榻上的思考使人开始学会放下，使思想得到了升华。

思考是为了让人拥有智慧，它像食物一样为我们提供营养，使我们不至于骨瘦如柴，弱不禁风。当然每一个人都不喜欢成为一名病人，都愿意以最小的代价得到最大的获益。身体健康是这样，思想开悟也是如此。但开启心灵之路不是一件想当然的事，需要不断地探索、学习、付出。也犹如得了一场大病，有艰辛、有痛苦，甚至与死亡相伴。

只有认真看世界的人，世界才会认真看他，这是很平等的关系。因此，在这世界上只有直抵心灵的思考，才是智慧的思考，也只有智慧的思考才是人生行动的指南和方向盘。

思考的真正意义是"尊重生命"。无疑，疾病与生命相关，病榻上的思考即使不能成就你伟大的事业，也让你从中找到健康的真谛。有了如此收获，也不枉你在疾病的痛苦中走了一遭。

再读《跑步圣经》

2017年11月15日

生活中，除了跑步，似乎感觉有些无所事事，只能靠读读书打发一下闲暇的时光。

希恩的《跑步圣经》，我2年前看过。虽然此书写于39年前，作者也因为前列腺癌在十几年前过世，但书中的内容直到现在还在深深打动着我。

我和希恩有很多共同之处。他是在40岁以后才爱上跑步，他的职业是一名临床医生，他平素也喜欢写写真情实感。但这些都不是我再读《跑步圣经》的理由。

这两年我在跑步的路上越走越远，跑过的距离越来越长，跑过的地方越来越多，跑步的感悟越来越深，常常陷在跑步的漩涡里不能自拔。我时常想起希恩曾经所说的话："在跑步中，我能够不假思索'无缘无故'地看见真我，速度之快堪比空中划过的一道闪电。在跑步中，我单纯地休息着——在我的心中休息着，在我跑步的纯粹节奏中休息着；像一个失明的猎手一样休息着。"

再读《跑步圣经》就是一种情不自禁，是一种心灵的感应，是一种惺惺相惜。

46岁开始跑步的时候，我把跑步当成一种锻炼身体的手段，也可以说是一种强制和任务。10年后，跑步已经成为我人生中的一个习惯和一场游戏，有趣有乐，有时会沉迷其中，无法自拔。在希恩看来，工作是被他人要求完成的事情，而"游戏"才是人生的本质。

跑步是人与生俱来的能力。当我们还是孩子的时候，追追打打、跑跑跳跳跟小朋友玩耍，那时我们是幸福的，无忧无虑的。我们一天天地长大，这种游戏，渐行渐远。直到有一天我们才发现，只有在这种追打的游戏中我们才能找到自我、得到愉悦、获得启示。

我们每一个人，都是独特的、有天赋的。有时工作并不能使我们成为自己希望的那个人。只有找到真正的自己，发掘自己尚未被发掘的潜力，可能就走在了成功的路上。而跑步给了我们找回自己的勇气。在奔跑中，你渐渐认识了自己。

跑步虽是本能，但不代表没有痛苦，因为痛苦是人生一个重要的组成部分。许多人的人生是不完整的，他们不愿意承受痛苦、躲避痛苦。威廉·詹姆斯说："越是充满艰辛的生活，越能完成更好的颠覆和探寻。"克尔凯郭尔曾写道："先要成为苦行者，也就意味着先要成为运动者，才能具有发现真理的智慧。"

只有在困境下，伟大才会展现出来。跑步让人身体疲惫、肌肉酸痛、气喘吁吁，不管是专业跑者还是业余选手都不能避免。

但这也不断地挑战着跑者身体的抗压能力。也正是在这样的过程中，跑者充分发挥了自己的潜能，并且做回了真正的自己。苦与乐结伴相随，并肩而行，苦把乐表现得淋漓尽致。所以，苦与乐是人生舞台两个不可或缺的角色，没有经历过跑步的苦，也就不能享受跑步的乐。希恩说："跑步给我带来了巨大变化，让我重新审视了自己内心的世界，我可以自如地接受生活中的起起落落，接受内在与表面的差异，包括善变的我和真实的我。我要保持耐心去学习如何享受生活，不断努力的同时也不再对其他事情品头论足。我要求自己做得更多、更好，这种改变让我受益匪浅。"

跑步可以使身体和精神双获益。跑步之初，骨骼变得结实，身体变得强壮，奔跑变得有力；坚持下去，思想与心灵就会跟随着自己的脚步，踏上了一段新的旅程，心情豁然开朗，思绪如潮水涌来。此时的你就会集跑者、朝圣者为一身，这不就是灵与肉的融合吗？

物质维持了人的基本需求，精神赋予了人生活的快感。人是物质的，但更是精神的。人是为快乐而生，为精神的富足而活。在精神上不能获得愉悦的人就犹如行尸走肉一般。

希恩说："跑步可以做到这一点，奔跑的我获得了纯粹的满足感。我不再成长，我完全为了在公路上的这一刻活着。毕竟，除了跑步，我还能做什么呢？除了跑步，我如何才能体验到这份平和与安宁呢？"

用桑塔亚纳的话说就是："运动让自己尽情地享受此时此刻，并成为最愉快、最完美、最独立的人。"

两年来经历了7场马拉松的比赛，不管是全马还是半马，身体遭遇到未曾体验过的极度疲劳感和痛苦感。赛事过后，我无法跑动、行走或者站立，甚至发现连坐下也要经过一番艰苦的努力，脚指甲也是伤痕累累，不断脱落。

但我从不后悔走上跑步这条路。跑步让我与大自然亲密接触。在大自然中，跑步与太阳、树荫一样，都成了自然界的一部分。风的柔和、雨的湿润、光的温暖、空气的甘甜、花草的芳香，都让跑者把自己置身于其中，体验它，享受它。

跑步让我渐渐看清了自己，了解了本真的我到底是什么样子，不再等待、不再听天由命。希恩写道："生命中无所不在的是选择，而非机遇。我能够观察、感觉，甚至体味到的一切都是选择——选择我的本性、我的价值观、我的英雄主义，以及凭借想象、推理和直觉来探索只属于自己而非他人的独特使命。"

跑步让我思想变得单纯，与世无争。人的欲望是无止境的，如果不有所把控，将会滑向贪婪的深渊。"尽量减少需求和索取，减少自己的欲望，懂得知足者常乐。当收获大于付出的时候，也就是简单生活开始的时候"。

最后还是以希恩的话结束这篇文章："在我看来，尽管跑步的经历各有不同，但其本质不外乎如此——没有焦虑不安，全盘接受，放松，相信一切顺利。奔跑时，我获得了自由。我不求目标、不图回报，跑步就是其存在的理由。"

我要接受平凡的人生

2018年1月27日

人骨子里都有成名成家的想法。拿破仑曾经说："不想当将军的士兵不是好士兵。"所以，不管我们智力是否平庸，能力是否出众，机会是否均等，都被舆论和行动绑上了想做"人上人"的目标。盼望着这一辈子一定要做出不凡的事业，活出辉煌的人生。

记得刚上中学的时候被一本《乒乓群英》的书所感染，我暗暗发誓要苦练乒乓球，争取有朝一日，也像书中的五虎上将（庄则栋、李富荣、徐寅生、张燮林、周兰荪）一样，成为这个领域的佼佼者。虽然花了不少时间练习乒乓球，但最终也只是成为中学乒乓球队的一名候补队员。

几年后徐迟一篇《哥德巴赫猜想》的报告文学，又读得我浑身热血沸腾，有了做陈景润第二的想法，考入北大数学系成了我的奋斗目标。借阅不少数学书去研读，还破例找了一位数学好的熟人开小灶，演算了有1米多高的试题练习本，家里靠背椅的油漆也生生让我的后背给磨没了。可高考数学题的卷子一拿到手，人就蒙圈了，那一刻思路消失了，脑子乱成了糨糊，那年的高考数学成绩我只考了50多分，自然是功亏一篑。

后来北京医学院毕业当了医生，虽然之前的梦想屡战屡败，但今后要成为一位名医的想法又蠢蠢欲动。

做医生期间工作还算努力，也从没有偷懒的想法；节假日值班从不缺席，没有任何一句抱怨的话；医学专业书没少买也没少看，骑着自行车在北京城到处去听专家的学术报告，不愿意错过一次学习机会；科研工作也投入了很大精力，白天上班，下班后到动物房做实验。记得20世纪80年代末，有一次做完实验很晚了，当把做科研的狗装在箱子里带回家时，路上还被戒严的战士当成嫌疑人员盘查了半天。

转眼当医生30多年了，如今已是退休倒计时了，可至今我还是一名籍籍无名的普通医生，成为名医的希望算是破灭了。

现实与理想永远是存在很大差距的，人类本质最深层的驱动力就是希望具有重要性，渴望得到他人的肯定，但实际生活中更要学会接受平凡性。

截至目前一口气读完最长的一本小说，就是路遥写的《平凡的世界》。"对于一个普通人来说，只好听命于生活的裁决。这不是宿命，而是无法超越客观条件。在这个世界上，不是所有合理的和美好的事情都能按照自己的愿望存在或者实现。"

这个世界是由普通人作为基数组成的，所以普通是大多数，是绝对的；而不普通是少数，是相对的。

当然每个人的生活经历都是独一无二的。虽然构成人体的基因是基本相同的，可每个人的生命都很奇妙地自成一体，绝不相同。由此看来，世间的人都有机会成为不普通的人，但最后谁能成为不普通的人恐怕连自己都无法预测。

名人、伟人自然不同凡响，让人羡慕，当然他们的内心也自会有别人不可企及的成就感。就拿我们这一行的名医来说吧，成了名医，不管是本行业的人，还是行业之外的人都会对他肃然起敬，病人更会把他视为救命的神医，不敢小觑。

　　成为名医的人，心理的满足感和职业的认同感都会陡然而生。但话又说回来，疾病有轻有重、有难有易、有大有小，所以有许多病即使不是名医，普通医生也是可看可治的。

　　有时候许多病是名医力所不能及的，像基层医生，他们碰到的常见病、普通病是要远远多于那些名医所见的复杂病、疑难病的。正是由于这些普通医生默默无闻的工作，使许多疾病第一时间得到了诊断和治疗，方便了病人，守住了健康，也避免了疾病的进展和恶化。

　　平凡不意味着就是碌碌无为，伟大也不是都代表着万能和永恒。在这个世界上，有一种伟大的行为，就是正确看待平凡。

　　世上的事都是始于平凡，止于平凡。从我们呱呱落地，到满意或遗憾地离开，常人也好，伟人也罢，没有两样。那也就是说，人生的起始和结束，不管男女，不管富贵，如出一辙。

　　平凡里有伟大，伟大又是平凡的延续。只有一个人对世界了解得更广大，对人生看得更深刻，他才有可能对自己所处的艰难和困苦有更高意义的理解，甚至也会心平气和地对待快乐和幸福。

　　当然从学生时代的青涩，到成年后的老成，人们不可避免地都会让一些不安分的想法扰乱自己的内心，更有一些不切实际的要求让自己迷茫，最后把自己深陷在痛苦之中不能自拔。可能这就是每个人要遇到的人生低潮。

　　人要正视平凡，人要学会接受平凡的一生。在我看来以下几点可以参考。

　　一、能做自己喜欢做的事情的人，即使事情平凡，他也是世上最幸福的人。

　　二、人是思想的产物，思想决定人生。每个人的内心都有一股神奇的力量，那就是自我。快乐源于内心，并非外来之物。开心积极的心态，甚至都可以让疾病远离你。

三、一个人要让自己变得成熟，首先要做的就是让自己学会承担责任。记住：困难并不意味着不幸，或许它会是一种幸运的开始。平凡里有承担，平凡里有责任，平凡里更有勇气。

四、光有信念是不可靠的，应该把信念转化为行动，并且不顾一切地坚持到底。平凡不意味着懒惰、空想、停滞不前。

五、了解自己是智慧的开端。一个人一旦认识到自己所具有的潜能和优势，就不会感到自己不如别人了，也不会再去羡慕别人了。平凡不会失去自尊，而且多一点自爱还能培养出健康成熟的个性。

六、每个人要把自身具有的各种才能发挥出来，服务于自己的国家、社会、家庭。当然这也是我们存活于世的理由，同时也能使我们的生活更加丰富多彩、充满意义。

七、生活不能等待别人来安排，要自己去争取和奋斗，而不论其结果是喜是悲，你总不枉在这人世间走了一遭。

八、只要不灰心丧气，每一次挫折就只不过是通往新境界的一块普通的绊脚石，而绝不会置人于绝境。

九、心要足够大，学会拿得起放得下。做事对得起老天爷，老天爷就不会为难你。

十、世界是大家的，不是一个人的。学会分享、学会帮助既是一种平凡，也是一种美德。

十一、人生不仅仅是一种享受，也会经历各种痛苦。如果能深刻理解痛苦，痛苦就会给人带来反思和收获。

千千万万的人都在过着自己平凡的一生，虽然平凡这个词听起来有那么一些平淡，实际上平凡包含着广阔的意义。平凡不在于我们切身得到了什么，而在于我们的心灵是否充实。

　　人匆匆忙忙来到人间，匆匆忙忙离开世界。认识自己的人不多，自己认识的人也不多。轰轰烈烈的生活不应该是我们的全部追求，但为世界做点力所能及的事应该是我们不可推卸的责任。

　　看似自己不伟大，也不是什么名人，但这平凡的人生让自己的心灵获得了充实感。

我对心理测试的思考和解读

2018年7月16日

　　前几天医院工会组织职工参加"北京市职工心理体验服务系统"的测评，目的在于缓解因为各方面压力给职工带来的心理影响，进而维护大家的身心健康。测评包括三部分内容：90项症状自评量表、压力自评量表、幸福指数测试。

　　刚开始我没有太关注这件事，后来在科室同事的督促下，我上网参加了测评。因为没有细看规则，一下子把必答的三部分和选答的九部分都答了。

　　其中有一项内容叫"瑞文标准推理测验"，我也稀里糊涂地答了。开始没有明白如何作答，选择的答案就没有过脑子，后来渐渐明白了答题的要领，对答每一道题也认真了起来。

　　最后答完题把所有的测评报告都看了一遍，包括爱丁堡妊娠后抑郁量表都合格，唯有瑞文标准推理测验结果最差。虽然得分74分，但不是我们印象中的60分以上的及格分数。评语为5级，也不是想象中的评级越高越好。

　　给我的评语是这样的：测验标准分低于5%，为智力缺陷。这个结果说明被测试者的智力水平很低，还可能存在某些缺陷，在同年龄组中，只有约5%的人处在这一智力水平。

　　建议：本次测试结果表明，您的智力处于比较低的水平，主要表现为空间知觉和思维能力比较差。处于这样的智力水平，表现为反应迟钝，对周围事物缺乏兴趣或兴趣短暂，即使付出努力也往往不能适应正常学校的学习。如果您处于童年或少年阶段，建议您进入特殊学校，接受根据自己发展特点设置的课程。您不会因不能取得好成绩而受到责备，况且一个人的价值不能单纯由成绩或成功来决定。其他诸如诚实、富有爱心等同样也很重要。家长和老师应多看到他们身上的优点，并支持他们最大限度地发展这些优点。此外，在人一生中智力也非一成不变，完全由遗传因素决定，家庭、学校和社会等环境在其发展过程中也起着重要的作用。丰富的环境可以提高人的智力水平，因此对被测试者来说，接触需要观察、思考的情景，能激发对新奇事物的兴趣和求知欲，也有助于智力水平的提高。

没想到一次很偶然的测试，一下把我归类到少数人群了。记得1979年高考时，北京市中签率也是不到10%，人生六十载两次有幸被列为少数人群，也是实属不易。

接下来我去做了一下查索。瑞文标准推理测验（Raven's Standard Progressive Matrices，简称SPM）是由英国心理学家瑞文（J.C.Raven）于1938年创制，在世界各国沿用至今，用以测验一个人的观察力及清晰思维的能力。

它是一种纯粹的非文字智力测验，所以广泛应用于无国界的智力/推理能力测试。由于瑞文标准推理测验具有一般文字智力测验所没有的特殊功能，可以在言语交流不便的情况下使用，适用于各种跨文化的比较研究。幼儿、儿童、成人、老人皆可借此量表粗分智力等级。看来这个测试还是很有权威性的，不管你说它已经年代久远，还是说它是外国人制定的不符合中国国情，但它今天能拿出来用，就说明有一定的科学性。

有问题就要思考，就要找出解决问题的办法。即使对我这样一位被诊断为智力有缺陷的人，也不能总是混混沌沌地去工作，百无聊赖地过日子。

本人目前是位医生，同时也肩负着教师的职责，如果智力水平如此，恐怕今后再给病人看病就不合适了，这有草菅人命的嫌疑；当然，再继续担任教师也不够资格了，会带来误人子弟的结果。

一直以来我就隐隐约约怀疑自己的智商有一些问题。因为不管是在上学的时候，还是在工作期间，花费了比别人多的时间，但付出与所得总不成正比，如学习成绩、业务能力等。可这么多年总不愿意接受这个现实，一直赶鸭子上架坚持至今。

看来这个测试来得有些晚，要是早一些，估计生计的饭碗也早就没了。所以，我从内心来讲还是很庆幸的，逃过一劫。但这种庆幸显然是过多地考虑了自己，忽视了病人的疾苦和学生的学业。当然既已至此，我对测试的结果也并不悲观，更没有抱怨，因为测试报告不是对我有偏见的人出的，全都是计算机自动生成的。

为什么智商不高，心胸还挺大度，我想可能有以下的原因。

一、年岁大了，有了一定人生的阅历，兵来将挡水来土掩，面对不好的消息就理性面对罢了。

二、受龟兔赛跑的故事影响，以及笨鸟先飞的鼓励，几十年来虽没有做出大的成绩，但也没有招惹出什么事故。

三、该测评也提到一个人的价值不能单纯由成绩或成功来决定。其他诸如诚实、富有爱心等同样也很重要。所以这些年来不管是当医生，还是做老师，多数情况下还是能被我的病人和学生们认可和接受的，可能与我的诚实和爱心有关。人不能失去诚实，人不能没有爱心，它们与智力无关，诚实为你赢得机会，有爱可以弥补许多先天的不足。

四、在人一生中智力也非一成不变，复杂的环境可以提高人的智力水平。接触需要观察、思考的场景，能激发对新奇事物的兴趣和求知欲，也有助于智力水平的提高。脑子是用来思考的，用则灵。再聪明的脑子不善于思考，也会像人的肢体一样出现失用性萎缩。我思故我在，任何人都是如此。

五、任何事情都要一分为二地看待，没有绝对的好，也没有绝对的坏，一利一弊是我们对待事物的准则。居安思危是聪明人的做法，躺在功劳簿上睡大觉是愚蠢人的想法。这个测试对我不是当头一棒，而是让我更加清醒地知道我是什么样的人，我接下来应该如何做。

这个心理测评已经过去了好几天了，我也会慢慢忘记74分、5%和5级这几个量词。既然世间还有那么多办法可以提高智力水平，我为什么要破罐子破摔呢？

十全十美的人也好，像我这样有残缺的人也好，不都是在苦中寻乐吗？永远别指望全知全能，否则会把自己捧为神。当然更不可放弃思考、丢弃诚实、失去爱心。

坚持是人生的底线

2018年12月16日

还有十几天就要告别2018年了，想一想从开始跑步到今天，已经过去了12个年头。

20多年前，我就特别喜欢看马拉松的实况转播。每当北京有马拉松比赛，我都会抽时间打开电视机，除了欣赏运动员的矫健步伐和你追我赶的场面，最关键的就是享受运动员冲过终点那一刻的坚持。

当时42.195千米，在我眼里就是天文数字。看了那么多场马拉松比赛，我从来没有想过这个数字会跟我有任何关系。直到有一天我连跑带走地在6小时之内征服了这个数字，我悄悄地在心里为自己竖起了大拇指。

现在，42.195千米，我也能跑进4小时30分了。

人的一生并不长，能被自己左右的事情也不是太多。在有限的时间里能活出自己，活得精彩，是每个人所期盼的。

人生苦短，须及时行乐。但快乐的形式多种多样，有爱情的快乐，有多子多福的快乐，有事业有成的快乐，有出人头地的快乐，有金榜题名的快乐，有腰缠万贯的快乐，可不管哪一种形式的快乐都是以苦为前提的。

古人云：吃得苦中苦，方为人上人。苦是什么？在我看来，苦就是坚持。跑步也是这样。虽然跑步很艰难，但跑上一两次，跑上一两天都不是什么难事。所谓不是难事，一般就不是苦事。人对任何事情都有一定的兴趣阈和忍耐力，在自己兴趣和忍耐范围内做的事情，都不能算苦差事，既然不算苦差事。

我从来不相信什么速成班、捷径班，因为我吃过它的苦头。当年出国热的时候，我也参加过中关村最牛的托福速成班、GRE速成班，结果国没出成，英语也落得了个半瓶子晃荡。

这12年来的跑步，让我体会到了人生苦与乐。12年的时间，让一个跑上100米都上气不接下气的中年人，在自己57岁的时候，可以轻松接受几十千米的挑战。

当然这是能看得见的进步。在一些看不见的地方，我也在慢慢成长。可以这么说，我在渐渐变成了自己想要成为的那种人：精力还算旺盛，思想有了成熟的趋势，头脑领悟力强了，对新知识充满了渴望，学习劲头没有减，心胸也变得宽阔了。现在我一点都没意识到我是一个快60岁的人。我觉得我正处在人生中最好的阶段。

这一切，都归功于两个字——坚持。

有人说跑步会上瘾。这种上瘾和吸烟、饮酒上瘾不是一回事，这种瘾最初是没有快感的。每天下班回到家，我要在坐在沙发上看电视和马上换上衣服去跑步之间做出选择。很显然，前者更舒适，对人的诱惑力更大。但经历了一番痛苦后，我最终还是选择了去跑步。

即使跑了12年，每周至少跑3~4次，但在刚上跑道的前十几分钟，我依然感到痛苦。虽然没有刚开始跑步时那种撕心裂肺的难受，可是仍然要与疲劳感做斗争。特别是在夏季的三伏天和冬季的三九天，我不仅要挑战自己身体，还要与天气做抗争。

跑步自始至终不是一件轻松的事。虽然会有内啡肽的释放，可以让跑者身心愉悦，但它不会轻易释放出来。有时使尽浑身解数，也没等到它的出现。在别人看来，这是一种费力不讨好的游戏，我这么大年纪，却还乐此不疲，让人颇感意外。

刚开始，我以为，跑步就是锻炼身体。而我跑步的目的，也就是锻炼身体。

后来，身体状况慢慢有了改变，跑的距离越来越长，跑的配速也逐渐稳定。我突然发现，跑步给予我的，不仅仅是这些量化的指标优化了。

我从一次一次跑步的受苦中，发现我身体对苦的承受力起了变化。小苦我接受了，中苦我适应了，大苦我挑战了。一句话：人没有受不了的苦。

当我一步步征服各种距离的时候，我发现，人缺的不是目标，而是自信心。

第一次完成全马，给了我十足的信心。

这些年的跑步成就了我的吃苦，也给了我工作中的自信。

我的职业是一名急诊医生，急诊是一项十分辛苦的工作。面对各种危重症抢救的不确定性时，急诊医生要想尽一切办法，调出自己平生所学，争分夺秒，与死神赛跑。病人把生命寄托在我们身上，家属把希望放在我们肩上，看着他们焦急而希冀的眼神，我们又怎可轻言放弃。我们别无选择——我们必须能吃苦，我们必须要对自己有信心。

人与人之间没有太大的差别，但要想获得成功，坚持是必不可少的。

跑马拉松需要跑者的坚持，与疾病的博弈也需要医患的坚持。现在的每一次跑步，都是为了心中的信念——坚持。坚持让我看到了自己的另一面，坚持激发了我对新事物的渴望，坚持让我对人生有了不一样的感悟。

我把坚持作为一种习惯，融入血液，深入骨髓中。也正是跑步的坚持，使我有了更大的忍耐力，有了更大的包容心。

走过后才懂得珍惜

2018年12月29日

　　先知先觉的人有，但更多的人是后知后觉，我就属于后者，对事物的判断总比先知先觉的人晚一步。

　　记得读大学的时候，班里的好多同学在课后都会读许多与专业无关的书，或培养一些与专业无关的个人爱好，而我只知道一门心思读专业书，认为做其他的事情都是浪费时间。其实，那些喜欢读课外书和有个人爱好的同学在学习成绩上都超过了我。

　　做了医生后我才恍然大悟，医生不是把解剖学、生物化学、生理学等专业医学知识学到手就能游刃有余地治疗病人，好的医生要上知天文、下知地理，懂音乐、爱文学，同时要心灵手巧。

　　虽然我是个后知后觉的人，可骨子里还不想当无知无觉的人。医生这个行业每天打交道的是病人，病人是痛苦的代名词，病人是与死亡最接近的人，所以医生这个职业要有爱心，医生的技术要足够精湛。

　　我踏上工作岗位后，一路走来，如履薄冰，路过了放射科，经过了呼吸科，最后扎根在急诊科。不管在哪个科室工作，我都遇到了许多意想不到的事情，碰到了许多沟沟坎坎，面临了足够一生思考的生死抉择。

　　2018年是我从医第34年，这一年我58岁，到了即将退休的年龄，也接近了需知生死的岁数。停止工作也好，走向死亡也罢，都说明我不再年轻，青春岁月已离我渐行渐远，这就是自然规律，伟人打破不了，我这个凡夫俗子更奈何不得。

但作为人，总要有一点精气神，总要体现自身的价值，总要愉悦自己的心情，总要懂得感恩，总要学会报答。有了这些，在停止工作的时候，你不会感觉寂寞；在离世的时候，你不会觉得恐惧和遗憾。

人生的每一步路都不会白走，都带上了我们自己的烙印，都会给予我们人生的启迪。毕业后在放射科待了两年，虽然不甘心，也不情愿，学习的知识与两年的时间也不匹配，但收获了放射科这个大家庭的友谊，30年后，不管私事还是公事，放射科同事都会像朋友一样帮助我。

呼吸科是我临床工作的启蒙，出门诊、管病房、做科研，我获得了作为一名临床医生所有的锻炼，至今大家都称呼我是有呼吸科专业背景的急诊科医生。

1998年，我去了西藏那曲县（现那曲市色尼区）人民医院援藏，当地气候恶劣、条件艰苦，自己烧饭、自己担水，虽然有许多生活上的不如意，却给了我这个一直在城市长大的人一次刻骨铭心的磨炼机会。人只有享不了的福，没有吃不了的苦。人生中第一份束支传导阻滞合并快速心律失常的心电图识别就是在那曲县人民医院见到和学习的。第一次看到人面对死亡的淡然和平静。多年以后，我在读到索甲仁波切写的《西藏生死书》时，很容易便理解了作者对生死的感悟。

人生的路有些是按计划走的，更多的则是误打误撞。世界是不停变化的，此一时正确，不代表彼一时就合理。后知后觉给了我的人生一个绝好的机会，让我懂得反思、珍惜，让我的视野不只局限于冰山一角。

许多事情走过后再回味，我觉得更有味道，当然我不是吃不着葡萄就说葡萄酸的人。十几年前开始跑步锻炼，也是因为意识到身体状况下降，如果那次运动会没有参加100米赛跑，在比赛中跑得气喘吁吁，我可能还不会萌发跑步锻炼这个想法。

一晃十几年过去了，用跑步促进身体健康已不是目前最迫切的事情，因为跑步给予我的已不仅仅是健康，还有吃苦的精神、持之以恒的品质、思维活跃的头脑，我十分庆幸当初做出开始跑步的决定。

学医也不是因为我先知先觉，只是当年的考试成绩让我与钟爱的专业失之交臂，才改为学医。30年的从医路，我有过迷茫，有过无奈，有过不知所措，可磕磕绊绊走过来后，我感受到的是融入骨子的对病人的关爱，是对生命价值和意义的从无到有的理解，是对自然规律的遵从和对一切生命的悲悯，是对知识孜孜不倦的学习和探究。

学医的过程就是升华人生境界的过程，在这个过程中，我懂得了疾苦存在的必然性，确知了死亡不可避免。唯有关爱病人，珍惜世界给予的每一次机会，人生才会充满意义。正是这些让我从不后悔"误入"医门。

2018年即将过去，无论你愿不愿意，你的辉煌、你的遗憾都会定格，成为你永久的记忆。2019年即将来临，人生中新的一章将要拉开帷幕。新的一年，你的容貌和性格也许不会发生任何变化，但如果你的学识、修养、眼界也停止不前，没有随着年岁的增长而逐步提升，那将是你一生最大的悲哀。过去的一年，我们一定有过成功，也有过失败，成功无须骄傲，失败也不必沮丧，积累了成功的经验，吸取了失败的教训，这才是我们人生中最大的财富。

沉迷于成功的喜悦，会招致骄兵必败的下场；在失败的痛苦中不能挣脱，将在失败的泥潭里越陷越深。人可贵的是懂得反思和珍惜。从疾病痛苦中解脱后，往往最珍惜健康；从命悬一线熬回来的时候，最珍惜活着的价值；在年迈之时，最珍惜时间的分分秒秒；从战场上幸运凯旋，最珍惜和平的每一天。

人生就是苦与乐的对决，苦要坚持，乐不盲从，这样我们才能追求到真正的幸福。漫漫人生路，且行且珍惜。

余生要做的三件事

2019年1月1日

2019年已经起航，时间就是这样无情，不因为人的喜好而有丝毫改变。

正是因为时间的单向性，让这个世界充满了期待，充满了好奇，充满了不可思议的乐趣和变化。

如果真是没有了时间，人活着就如同行尸走肉，人的惰性就会暴露的一览无遗，世界也将没有风景这般独好。

时间不等人。智者把时间掌握在手中，唯恐浪费一分一秒；无知者把时间当成最廉价的商品，随意丢弃。对于我这个年龄的人，经历过无知阶段，错过了不少大好时光。但时间又给了我成长的机会，使得我突然猛醒，要在人生有限的时间内选择那些有意义的事情去做。有意义的事做多了，能力达不到，因噎废食；做少了，碌碌无为，愧对人生。思来想去，有三件事是在我有生之年不能放弃的，而且能做多久做多久。

第一件事就是读书学习。碎片化的知识只能作为茶余饭后活跃聊天气氛的补充，不能算是真正的知识，知识一定是分析思考，废寝忘食系统学到的。

现代化的学习方式的确为我们获取新知识提供了捷径，但如果认为掌握知识也要走捷径的话，就大错特错了。学知识也跟习武一样，要真刀实枪地练，而不是知道一点皮毛，懂得一点花架子就可以去卖弄了，否则早晚也得露相。

　　读书不是只读自己专业的书，现在的知识触类旁通，学科交叉、学科融合势在必行。像我这样学医的人，也要读一些历史、哲学、自然等方面的书。我的专业是急诊，也不能忽视学习呼吸、心血管、内分泌等专科的知识。

　　读书要读经典的书，能传承下来的东西，一定都是受过时间洗礼的，经得住千百年验证和推敲的。畅销书和经典书不一样，迎合大众口味不见得会获取知识。

　　时间对每个人来说都是公平的，不以年轻年长作为划分，所以慎重选择可读的书、必读的书很重要。

　　读书要涉猎广泛，与思想相关、与情趣相关、与生活相关、与自然相关、与艺术相关等，都是要读的书。

　　知识能力的提高，有时是有心栽花花不开，无心插柳柳成荫。读书目的性太强，结果不见得会好。知识是大家庭，你中有我，我中有你，缺一不可，读书也是这样。

　　一本好书要反复读，一是人的记忆力有限，二是作者的思想、内涵不会一下子就被读出来、品出来。好书只读一次，等于没读。

　　读书的环境要安静，心要融在书的字里行间，特别是发现触动心灵的段落和句子要标示出来，反复品读。在机场、火车站的休息厅等候的时候，都是读书的好场所。

　　纸质书一点也不过时，涂涂画画很方便，有时更容易进入读书状态，我不认为电子书一定能替代纸质书的位置，纸质版的书是一种文化。

　　要做的第二件事，就是遵从内心做事。

　　违心做事一定不会成功，即使暂时成功也不会有成功的快感。所谓随心就是从心里喜欢，从心里想做，而且也是掂量自己的能力有希望做好。不随心就是心里不喜欢做，被迫去做，碍着面子去做，迎合别人的口味去做，拔高了自己能力去做。

　　人虽然有无限的潜能，但人也应有自知之明。顺潮流而动，不如顺内心而动。做任何事情都不容易，连自己可控的吃喝拉撒睡这些习以为常的事，要做好也不容易，更何况还要做一些受惠于人的事情。

做好事情的前提先要把吃苦和坚持放在前面，把名和利放在其后，如果心里的小九九太多，先不说事情是否能做成，单是心和体力的纠结早晚也会把人拖垮。随心而动一定可以为吃苦和坚持找一个借口，就是痛并快乐着。

发自内心的认可是克服吃苦的动力，也是坚持不放弃的发动机。人骨子里都有虚荣心；从来只想好的一面，低估和忽略不好的一面；总是看到别人风光的一面，忽视别人辛苦的一面。

既然生而为人是为了追求快乐，为什么还要选择那些别别扭扭的事情做呢? 未来的人工智能一定会替代现在人类要做的许多事情，现在的高工资，不意味着以后能挣钱；现在的时髦专业，不意味着以后能糊口；现在的一职难求，不意味着以后有竞争力。

所以今后人工智能能完成的技术工作，不是聪明人考虑的就业饭碗。从现在起就要思考哪些事情是值得长久做下去的，是人工智能暂时替代不了或永远不可替代的工作。

我这个知识水准不高的人，因为受到专业局限和涉猎的知识广度不够，我的看法是优秀的作家失不了业，作家是以思想和情感为生的职业，只要人的属性不变，人就需要思想的启迪，就需要情感的丰富，无疑作家在这方面具有不可替代的地位。

教师失不了业，人的道德品质的成熟是一点一滴积累的，所以必须是人对人的交流，人对人的将心比心。智商的提高可以通过人工智能，但情商的提高不能没有教育的参与。

医生失不了业，虽然人工智能会助力医学的迅猛发展，疾病可以早发现、早治疗，可以带病生存。但人的寿命是有限的，终结生命的还是疾病，旧的疾病治愈了，新的疾病又产生了，这就是自然规律。

科技在和疾病齐头并进的时候，就会存在治疗的真空，而且往往是先有了疾病，才有了治疗手段，所以疾病是治不完的。疾病带来的躯体的苦，可以让技术干预，可疾病带来的精神上的苦，带来的死亡的恐惧，是人工智能解决不了的。

这样看来那些涉及人的心智、思想、灵魂、精神以及不能用公式推算出结果的职业都可以被认为是人工智能不可替代的职业，再简单一点地说，就是从网络搜索找不到标准答案的职业都是可持续的职业。

第三件要做的事，就是运动。

虽然凡事都有有利有弊，但只有运动有益于健康是颠扑不破的真理。人一出生在不认识父母是谁的时候，就有了要动的欲望。孩子长到能走能跑的时候，最吸引他们的事情不一定是吃喝和玩具，而是在户外的追逐和嬉闹。人的成长和健康不仅仅是通过嘴，一定还有腿的功劳。

如果我们放任孩子追逐玩耍，而不是让他们过早地背上各种学习的压力，相信我们现在的社会就不会有那么多小胖墩，有那么多不健康的孩子了。

运动既然是人的天性，又对健康有帮助，为什么我们还要排斥它呢？无非是我们把学习、工作看得比什么都重要，而把天性的运动位置挤到了一个不起眼的地方去了。同时许多人把健康的宝都押在了医生手里，在他们看来疾病没什么了不起，健康有没有无所谓。

医生没有神药，医生控制不了生死。人的生命在自己手里，人的健康也归自己掌管。运动是一件最简单不过的事情了，走路、跑步、骑车都属于运动。

运动不受季节的干扰，运动不受场地的限制，运动不需要财力的支撑，运动唯一需要我们付出的就是坚持。

运动增强了体魄，运动造就了健康，运动让疾病远离，运动成全了心灵的愉悦，这种良好的性价比每个聪明人都会跃跃欲试。要想健康没有捷径，虽然有运气，但运气只是留给少数人的。是聪明人你就让自己的双腿走起来吧，宁可在操场等着你，也别让我在医院看到你。

谈了我要做的三件事，数量不多，内涵不少。对于我这个年龄，时间就是生命了。利用的好，生命就延长了，利用的不好，生命就缩短了。既然人工智能不能保证长命百岁，不如把生命的效率提高一些，把生命的意义多赋予一些，把生命的价值活得纯粹一些。简单地讲，也就是把我谈的三件事做好。

《生活之道》读后感

2019年1月30日

　　威廉·奥斯勒医生大名鼎鼎，被誉为"现代临床医学之父"。

　　坦率地讲，之前我并不熟悉这个名字，也是在学习医学人文课程时，奥斯勒医生的名言警句被大家频繁引用，才迫切地想知道奥斯勒医生的生平以及寻找有关他的人文专著。

　　《生活之道》汇集了奥斯勒医生的20篇演讲集。这本书2006年被翻译成中文，2007年正式出版发行。等到我想买这本书的时候，网上已经都是二手书的市场了。一本定价39元的书，被卖到了93元，甚至更高。当我下了买书的订单，被告知书的品相不是很好，书的部分纸张已经有被水浸泡的痕迹，犹豫了片刻，还是把它买了下来。

　　有思想的书一旦读起来，就马上忘记了它的价格和品相。30多万字的书，本打算读完后再写一下读书笔记，但只读了几章就有了要写感想的冲动，毕竟手是自己的，想写就写吧。

　　由20篇文章组成的书，以其中的一篇文章命名，想必是有编者的用意。我也是第一时间就翻到了《生活之道》这篇文章，奥斯勒医生在这里并没有给医学生讲述更多的专业知识，反而说的是家长里短，人生道理，如何做人。

　　医生的工作不容易，既要有丰富的医学知识，又要跟得上最新的医学进展，还要具备人文的素养，更要关心病人在各种状况下面对的挣扎。

在奥斯勒医生看来，医生胜任这些工作能力的前提，还应该有另一种本事，就是拥有让自己举重若轻的生活哲学，否则工作的倦怠，生活的苦闷将会一并袭来，迫使年轻医生的专业道路越走越窄。

要想事业有成，必然与平素良好的生活习惯密不可分，心态、饮食、睡眠、身体健康都是生活中的一部分，忽视了它们，人就会变得没有精神，混混沌沌，很难会有旺盛的精力投入到工作中去。

歌德说："晨起懒散，必致整天荒废。"所以，生活状况决定了工作状况。年轻人的生活哲学是自然养成的，对于每一个年轻人来说，在思想上、言语上、行为上都有一套自己的生活哲学，别人很难干预。

听听成功人士的人生习惯，对规避年轻人走弯路，是一个不错的选择。奥斯勒医生说他自己是一位再平庸不过的人，他的成功并不在于头脑，而在于有把握今朝的习惯。

简单一点地说，生活就是一种习惯，是一连串不需要经过大脑的行为，包括小孩子在不同阶段的爬、坐、站、走、跑，之所以如此，不过是小孩子的肌肉与神经养成了习惯。

实际上，任何习惯都是同一种行为的结果，而我们要做的是给行为立个规矩，让它不偏离好的品德。习惯是日积月累的过程，既不可跳跃，也没有轰轰烈烈，那就是一步一个脚印，水到渠成。

许多时候，影响人一生的往往都是微不足道的小事，俗话说"细节决定成败"，年轻人不能养成眼高手低的习惯。

人很容易被旧往的事情绊住腿脚，如鸡毛蒜皮的小事，无中生有的污蔑，微不足

道的挫折、失望、罪过、遗憾，甚至欢喜等，以致瞻前顾后形成坏习惯，最后对人的心灵造成可怕的折磨，成为生活的负担。

奥斯勒医生在这里提供了一则"生活之道"，作为对抗的"疫苗"，即乔治·贺伯特所说的"夜里剥光你的灵魂"。奥斯勒医生强调，这不是自我反省，而是像脱掉衣服一样，彻底剥掉白天所犯的错误，无心的或有意的，醒来，你就是一个自由的人，一个新生命。

人也容易产生空想，甚至胡思乱想，这些无疑都是"乱我脑，碎我心"。"一个过度担心未来的人，纠纠缠缠的结果，无非是虚耗精神，怀忧丧志。"明天的一切都在未定之天，但是，明天的秘密却在每个人自己的掌握之中。

"未来即今日，并无明天"，人只有全心全意活在当下，才是对未来的唯一保证。

健康的身体加上健康的心灵是年轻人阳光向上的标志。

身体功能有障碍的人，抗压能力必低，所以维持身体的健康，有助于保持心智的良好运转。在奥斯勒医生眼里，年轻人睁开眼睛就觉得生活好累或提不起劲来，那是因为自己糟蹋了生命的机器，让引擎做了太过度的操劳，又不清除里面的灰烬与炉渣。

身体是人生一切奋斗成功的本钱，道理浅显易懂，但实际生活中，好好关注身体的人不多，年轻人更是把身体健康不当回事。

总而言之，感性那匹黑马一旦发作起来，拖着我们的理性白驹乱窜，下场往往就是马死人亡。对身体不可以放任自流，心灵的健康也不是可有可无，将心灵当作一部运转的机器，妥善加以控管，使之积渐成习，收发自如。

年轻人还要培养专注的习惯，专注是学习有成的秘诀，只要能够专注，自会逐渐生出力量。无论多么迟钝的心灵，持续不断的努力自会发光。无法养成宁静专注的习惯,乃是心理问题最主要的症结。专注是一种慢工出细活的艺术。

劳逸结合,做到会生活、会工作,才能活出人生的意义。人生最大的悲剧之一,就是急功近利,患得患失,到头来误了自己的一生。

年轻人不一定要整天埋头苦干,但须每日用功,有恒心、有条理、有系统,日复一日,自会养成强韧的心理机能。亚里士多德说:"学生要在竞争中得胜,动作需缓,声音需沉,言语需慢,千万不可沉不住气。"

尽管大家都说人类一直都在进步,但构成人性的爱、希望、恐惧与信心,以及人心的悲悯,始终都是不变的。

生活是一件再平常不过的事情,简单明了,放下一切杂念,顺势而行;不可回避,不可倦怠,不可盲从,不可轻率;用力过猛不行,投机取巧也不行。

面对"生活是什么?"这个一再被人提起的问题,你可以大胆地回答:我不去想它,我活出它来。唯有这种生活哲学,才能让你触及生活的真正价值,掌握生活的潜在意义。

与一位特殊病人博弈的36天

2019年3月1日

今天病人C终于可以出院了，一个月来她的病情反反复复，现在总算拨云见日了。一早查房见到C，她兴冲冲地说的第一句话就是：我可以自己解小便了！我真为她高兴。在她身上的最后一根管子——导尿管，在离院之前也被拔掉了。她的爱人在出院前递给我一份感谢信，内容不多，但对我们全体医护人员在这一个月来对她爱人的救治，给予了逐一的感谢。

病人C，女，60岁，有哮喘病和偏执型精神分裂症。平素靠药物控制，整体状况还不错，生活自理，还可以照顾外孙。后来因为父亲去世，她再次出现了精神症状，被送到了安定医院治疗。在安定医院住院期间，病人出现了呼吸系统感染，发热，呼吸困难，随后神志状况也不好，肺部听诊可闻及干鸣音，血氧饱和度也开始下降，安定医院考虑支气管哮喘急性发作，把病人送到了我们急诊科。

因为与安定医院不远，所以我们急诊科经常会接收一些从安定医院转来的合并躯体疾病的病人。

之前我们对诊治精神疾病合并躯体疾病的病人没有经验，当我们对怀疑为精神疾病伴有不是很严重的躯体疾病（如肺部感染等）的病人按照常规方案治疗时，效果总是达不到预期，有时病情还会急转直下，出乎我们的意料。

还有些临床常见的躯体疾病症状，却是精神疾病所独有的，如恶性综合征，病人表现为高热、意识障碍、大汗、四肢肌肉强直，对没有精神疾病知识的综合医院医生来说，在第一次诊断时，还真会一头雾水，找不到治疗的方向。

记得十几年前碰到的第一例韦尼克脑病，就是一位从安定医院转过来的有精神分裂症的病人。病人40多岁，体重超过了100千克，平素食量很大，但在服用了抗精神病的药物后，进食量很少，后来出现了神志障碍。查血气分析发现，病人有二氧化碳潴留，医生以为病人的神志不清与二氧化碳潴留有关，便做了气管插管，以使体内二氧化碳恢复正常，但结果病人的神志并没有因此好转。后来经过多学科的会诊，想到了韦尼克脑病这个诊断，给病人服用了维生素B_1，然后病人的神志就恢复正常了。

近些年，虽然没少接诊从精神病院转过来的病人，也学到了一些相关诊断和治疗知识，但对这类病人我总是心有余悸，底气不足。一是，精神疾病患者失去了人的正常思维，办事、生活都不按常规出牌；二是，病人精神的高度亢奋超出了生理活动的范围，不吃、不喝、不睡，自会给躯体带来伤害，而自身还感知不到；三是，是药三分毒，治疗精神疾病的药物在控制精神症状的时候，也在或多或少地损伤着身体健康的器官；四是，精神疾病是一门专科学问，让非精神科的医生管理同时有精神疾病和躯体疾病的病人，难度陡然增大。

所以，对C的支气管哮喘急性发作，急诊医生一点都不怯场，但到了监护室，面对C的大吵大嚷，不配合治疗，哪个综合医院的医生和护士都会面露难色。

北京有三家精神疾病专科医院，其中两家与我们的两个院区比邻，如果精神疾病病人在这两家医院住院，然后发生了躯体疾病，那么来我们医院就诊就是不二的选择，特别是急诊科。C不是我们遇到最难配合的病人，所以医生和护士也就坦然面对了。

C前两周的治疗没有遇到太大的波折。喘憋、呼吸困难、血氧偏低，很快使用药物和氧疗控制了下来。虽然体温持续不降，但也没有高到不能接受的程度，动态调整抗生素的使用，使感染没有进一步恶化。进食时好时坏，饮水时多时少，多亏既往的营养状况还不错，血中白蛋白变化不大，电解质也能说得过去。精神状况时稳定时变糟，睡眠时长时短，好在从胃管能把治疗精神疾病的药物送到身体中去，配合安定医院医生的会诊，大起大落的精神症状没有再出现。

按既往治疗的经验，这类病人就是好得慢，病情起起落落，医生不要着急，护士要小心翼翼，家属更不要失去耐心。

看到病人的精神状况渐渐稳定了下来，我就开始与家属交流吃喝的问题。吃了什么，喝了多少，这对病人非常重要。前期感染消耗大，精神状态不稳定，吃喝无常，病人体重超标，长期卧床肠功能活动减弱，都会引起病人产生其他并发症。

对于同时患有精神疾病和躯体疾病的病人，全身管理至关重要，哪个环节都不容忽视。这类病人虽然神志清楚，但精神不能控制，所以病人的吃喝拉撒睡都需要外人关注。病人能量消耗大，水的补充，蛋白的给予，电解质的监控调整一个都不能少。胃肠功能的不良与危重症密切相关，病人的排气、排便、肠鸣音每天必问必查。

正当对C病情预后估计乐观的时候，晚上我接到了本院熟人的一个短信："C是我认识的一个朋友，今天肠梗阻了，能否把她留在急诊科继续治疗？你们对病情熟悉，家属不想转到外科了。"上午查房我还看了C，也关注了她腹部的情况，也问了家属是否排气。那个时候一切如常。怎么晚上出现了这种情况？

当然我应该预料到，在急诊病情的无常处处存在，也应该知道对于C这样的病人，危险随时会降临。C因为肠梗阻，精神状况出现了反复，谵妄、胡言乱语，给了禁食、胃肠减压、灌肠等治疗，情况没有好转。次日体温升到了39℃，脉氧饱和度开始下降，叹气样呼吸，病人开始神志不清。不得已在镇静的状况下，给病人进行了气管插管和呼吸机治疗。

当我再看到病人的时候，之前认为好转的估计几乎破灭，也跟家属做了最坏打算的沟通。家属没有责怪，全盘理解，积极配合，又让我隐隐约约萌发了一种不放弃的信心，冥冥之中也产生了一种希望。

在这里特别要说一下C的家人，中国有句老话叫"久病床前无孝子"。我们都知道病人不容易，但病人家属更不容易，更痛苦。除了身体的累，还有精神上的累。C的丈夫是一位脾气非常好的人，对待爱人呵护有加，体贴入微。C在精神状态不稳定的时候，经常打骂她的丈夫。但每次查房见到她的丈夫，他从来没有一句怨言，对医护人员总是报以微笑。在C病情突发变化的时候，除了积极配合医生和护士的治疗，她的丈夫也没有表露出任何沮丧的表情。

C的女儿，还有病人的兄弟姐妹，都对她的治疗投入了极大的热情，给予了无微不至的照护，他们既不嫌弃，也不抱怨，唯一做的就是听从医生的医嘱，配合医生的治疗。临床工作中我遇到过许多家属，我也曾经作为家属在床旁护理过家人，无疑C一家子，让我在现在不是很和谐的医患关系中，看到了真诚、信任、互爱、不放弃。

一周的时间不算长，可C却经历了体温不降、呼吸衰竭、血压下降、低蛋白血症、肠功能衰竭，以上任何一个不好的结果都会像一根稻草将C已经不堪重负的生命置于死地。

医学有其必然性也有其偶然性，什么是必然? 什么是偶然? 又有谁能说得清楚呢?

一周后C脱机拔管了，体温也降到了正常，肠功能开始恢复，有了排气、排便。让我想不到的是，病人的精神状况有了质的改变，从不与我交流的C，在我们之间有了一问一答的互动。起初病人进食还有些呛咳,几天后病人就可以经口正常进食了。减少了输液量,停用了抗生素,拔除了胃管,病人还可以在病区来来回回走动了。

没有见过病重的C,就不知道在病区里精神抖擞,步履稳健的C是多么地难能可贵。1月24日来院,3月1日离院,一共36天,对于C来讲,是生与死的考验。人们都说"大难不死必有后福"。出院时,C对我们说:"我要听我爱人的话,不让他太累,我要好好配合治疗,让身体好好的。"我简直有些不相信自己的耳朵了。

医学肯定有科学的成分,但医学的神奇却在于它的偶然性。今天这个病例谈不上疑难,在治疗上也算不了高大上。我想写它就是因为在医学里还存在许多不可知。我不是精神科医生,但我想在精神病人的语境里一定有被医学不能感知到的事情。

躯体疾病我们貌似了解,那只是对疾病本身,如果疾病融入了精神因素,医生对于病人也就知之不多了。人的不可思议在于精神和身体的自愈力,所以对于我眼前这个病人的康复,我不知道是来自病人的精神,还是来自她身体的自愈力,或者是来自家人的关怀爱护。但不管怎么说,医生对自己不要太过于自信,你懂得的那点东西不足以让你闲庭信步;再者做医生不说绝对的话,但可做不放弃的事;看病还是要与病人为伍,朝夕相处,通观全局,不放过任何点点滴滴;精神的力量是无穷的,看病不仅要看躯体,也要看精神;不管是医者还是家属,对病人的守护,对病人的关爱,总会有爱的回报。

学会放手也是医生的本事

2019年4月30日

　　今天接诊了一位病人，男性，54岁，6天前出现喘息、胸闷、气短，3天后症状加重，伴有发热、咳嗽、咯血，被送来急诊。病人6个月前被诊断为肺腺癌，由于颅内转移压迫了脑组织，行开颅手术，18天前做了基因检测又给予易瑞沙靶向化疗。到了急诊，病人喘息已非常明显，心率快，呼吸急促，血氧饱和度只有78%。胸片显示除了肺实变，就是弥漫性的渗出病灶。头颅核磁提示脑转移灶伴出血。病人因为血氧饱和度低，又不时地出现抽搐，在家属同意下，给予病人镇静后气管插管，呼吸机辅助通气治疗。即使呼吸机治疗，病人的血氧饱和度维持的还是不稳定。

　　交完班到抢救室看了这个病人，病人体形很健壮，如果不是使用着呼吸机不会想到他是一个病情很重的病人。病人旁边站着他的爱人和妹妹，虽然有些紧张，但不慌张，对我的问话回答很有条理。病人以前是个健康的人，没有什么病，偶然因为头部不适做了一个头颅CT，诊断为转移癌。再一查原发的病灶是在肺部，病理分型是腺癌，已经不能做手术了。医生说，头部的转移灶对脑组织有压迫，需要手术，就做了开颅手术。后来肺癌的基因检测出来了，医生建议服用靶向化疗药物。病人在这次重病前的18天就开始服用靶向化疗药易瑞沙。也许病人和家属对治疗都抱有一线希望，即使服药后有各种各样的不适反应也在坚持，直到这次来诊前6天病人在口服易瑞沙后出现了喘息、胸闷、气短的加重才停用药物,当然也可能是一种巧合,也就是说病人出现的症状与药物无关。但重要的事实是,病人的病情并没有因为之前诸多的治疗而得到控制。

癌症无疑是临床最棘手的病,即使诸多技术和药物的出现,仍然没有让医生对癌症治疗有十足的把握。病人和家属也是谈癌色变,慌了手脚,乱了思维。特别是在病人尚年轻,既往一直很健康时突然发现癌症,病人和家属就会感觉只要使出浑身的解数,癌症总有一天会被治愈。所以,在临床经常会看到家属和病人不惜一切代价,在癌症治疗上决出个子丑寅卯。医生们许多时候也会被家属的一腔热血所鼓动,或者也有着与家属和病人同样的乐观,面对癌症永不放手。

执着、坚持都是褒义词,在许多场合都适用,也包括在疾病的救治上。适度、放手这些词听起来有些软绵绵,但在许多真实的语境里会显得智慧、明智。临床疾病不都是有药可治,也不是一治就好。现实的情况是,没药可治的病多,有药治不好的病多,否则人哪会死。这个道理不仅要让病人和家属知道,作为半个当事人的医生更应该要明白。医生的产生无疑是因为有了疾病,医生的职责也是治病。但话又说回来,医生能治好的病只有三分之一,治不好的病也有三分之一,所以医生的职责是治病,当然它还有一个职责就是识别治不好的病。能治病的人是医生,能识别治不好病的人同样是医生,甚至是大医生。

在医生的字典里除了"治疗",还要有"放手"这个词。人早晚要离开这个世界,不管是情愿,还是被迫,这是不以人的意志为转移的。人有质量地活着赋予了人生存的意义,年岁本身只是一个数字,没有任何含义。在急诊,经常见到多器官衰竭的病人,晚期肿瘤病人,疾病终末期的病人,器官老化的高龄病人……在治疗上选择适可而止,既是对生命的尊重,也是反映医生技术高超的体现。学会该收手时就收手,不是急诊医生的无能，也不是急诊医生医德的缺失，而是彰显急诊医生的情怀，急诊医生的睿智，急诊医生对生命的尊重。

诚然选择"放手"，就要求医生医术精湛、时间节点把控非常准确、与家属进行晓之以理动之以情的沟通，它远比选择不放弃难得多。它需要急诊医生有公心，这个公心是对病人的关爱，对家属的同情。对该放弃的疾病而不收手的医生，只能定义为是有勇无谋的医生，看似责任心强，但却少了作为医生应该有的温度。

虽然医学会有奇迹，可医学的奇迹只是给少数人准备的。医生不应该把小概率的事件，当成大概率的事情来思考。医生治病是要以人为本，以人的最终感受作为治病的目标。"放手"严格意义上讲也是一种治疗，我们都知道医学的任何干预都是有利有弊，化疗药可以杀死癌细胞，也可以杀死正常组织的细胞，否则单从化疗药可以杀死癌细胞这一点来看，癌症早被攻破了。放手不是被动，更是利与弊的权衡，让病人与疾病达成和谐，让病人与自己喜欢的人有更多的时间在一起，让病人有机会再体验一下人世间可回味的美好。

所以，每一位医生，不光是急诊医生，也包括专科医生，正视医学的局限性，一定是一个明智的选择。学会放手也是医生的一种能力。

读《越跑，心越强大》的感悟

2019年6月2日

我读书是很功利的，读医学书是为了专业，读哲学书是为了获取知识，读体育书是为了骨子里的喜欢，除此之外读书很少，更不会靠读书打发时间。与体育结缘就是从读体育方面的书开始，小时候读了《乒乓群英》，就想把乒乓球打得像模像样，争取成为书中的谁谁谁；近些年读了《当我谈跑步时，谈些什么》，就有了让跑步陪伴终生的冲动，但再也没有像年轻时要跑出什么记录的幻想了。实际上随着年龄的增长，做事越来越成熟，想法越来越深思熟虑，想入非非的事慢慢淡出了我这个年龄的视野。

我虽然一直喜欢体育，可缺乏天赋，在哪个体育项目上也没有专长。跑步这件事最简单不过了，只要不考虑成绩，什么人都可以参与，哪怕是马拉松也可以尝试，唯一就是别畏惧吃苦。话又说回来，干什么事逃得了吃苦呢？所以我选择了跑步。跑了十几年步，吃苦的事早已忘了，但人生的收获却让我有了意外的惊喜，身体的变化，思想的开悟，精神的愉悦，使整个人都处在健康的快乐中。特别是在阅读了《奔跑的力量》《运动改变大脑》《跑步圣经》《跑跑之王》《当我谈跑步时，谈些什么》等一系列与跑步有关的书后，发现跑步所给予的不仅仅是对身体的历练，更重要的是对心灵的重塑。

读乔治·希恩写的《越跑，心越强大》，是在我跑过了3次全马之后，之前曾经写过乔治·希恩的另一本书《跑步圣经》的读后感，但每一次的读后感都是不一样的。因为只有在不停歇的跑之后，只有在跑过人生一个个不可能的距离之后，你才能确确实实地体验到什么是"越跑，心越强大"。

读这本书是在我去外地跑马拉松的火车上，可以说是一口气读完。乔治·希恩和我都是医生，都是中年过后才开始跑步，开始跑步的年龄，我46岁，乔治·希恩45岁，但乔治·希恩本身就有跑步的天赋，年轻的时候就是跑步健将，因为成为医生中断了跑步。乔治·希恩说："在45岁时，我拉下紧急制动阀，跑进了真实的世界——这个决定，无异于一场全新的人生、一个全新的跑道，以及做出一项全新的决定。在45岁那年，我的人生重新来过。"当然，我起初跑步的时候，还没有进入到乔治这种至高境界——把跑步看成可以影响今后人生的一件事情。

《越跑，心越强大》这本书分了12章，是乔治·希恩1975到1995不同时段写的随笔，在乔治·希恩去世后，由其儿子巧妙地将其拼成一道叙事流畅的完美弧线。每一章节的题目我都很喜欢，例如："蜕变""找回你的日子""你的人生""现代医学的误导""挑战与追求卓越""心灵""面对我们的守护天使""最后的领悟"等。所以美国《跑步世界》杂志的总编辑大卫·威力在这本书的前言中说："他笔下的跑步不仅是运动，更是一种活出丰富人生的方法。乔治将跑步与形而上的思辨联结起来，使跑步不单单是左右脚交替前进的动作。"

之前我对跑步定义很狭隘，就是锻炼身体，初衷也是如此。可是一旦跑起来，一旦跑步的痛苦袭过来，一旦坚持的勇气鼓动起来，一旦4千米、5千米、10千米、15千米、半马、全马慢慢被征服过来，再回头看，就像乔治·希恩在书中所说"跑步让我自由。它让我抛开别人的观点，抛开外界加诸我身上的教条与规范。跑步让我从零开始。它剥离了层层制式的行为与思考，建立全新的饮食、睡眠与如何运用休闲时间的次序。跑步改变了我对工作与休闲的态度，改变了我对于谁是真正爱我，以及谁是我真正所爱的看法。跑步让我以从内而外的全新角度，取代从外而内的旧有观点，审视我一天中的24小时，以及我的生活方式。"一路跑来我发现，原来痛苦与疲惫这两者，竟和欢乐与满足是如此的亲近。所以，如果我们真想拥有一个健康的身体，光靠医生还不行，一定要践行那些必须经由受罪和挣扎得以求生的老祖宗所留下的守则，跑步无疑是人类繁衍到今天、老祖宗留给我们的不可缺少的技能。

这些年我不再刻意关注跑步给外在的身体带来了什么，好也罢不好也罢，既然是自然规律和人的生存法则，为什么还要人为地改变它呢？现在许多人一聊到跑步，也不回避跑步是人的天然属性，但总有一句"没有时间"的借口在等着。我当然承认跑步不是人生的必由之路，包括对身体健康的影响。但在我看来，坚持跑步是积极面对人生的一种态度。时间对世间每一个人都是公平的，智者把时间当成奢侈品为自己所用，愚者把时间当成废品随意丢弃。乔治·希恩说："我们有些人的人生总是处于即将展开的状态。我们在等事情有所改变、等有更多的时间、等比较不累的时候、等得到升迁、等安居下来……仿佛在展开人生前，总要有某种大事发生才行。"一直等到有一天人之将死的时候，那一刻我们躺在病床上，满脑子想的都是为碌碌无为的人生，为错过生命的大好时光而懊恼。

昨天参加了一个学术讲座，会后同仁们对我说，自从跑步以来，你说话和以前不一样了，喜欢说了，并且多了人生的思考和一些哲学的思维。类似的话不是第一次听到了，之前没有太在意，听多了我也在反思大家的评论。确实不知从什么时候开始，喜欢脱稿讲课了，喜欢在正式讲课之前或之后说一些与课程无关的感想。讲课时脑子变得更活跃了，语言变得更丰富了，演讲的激情更容易被调动了。不可否认在跑步之后，学习比以前主动了，求知的欲望比以前强烈了。大家都说是内啡肽"惹的祸"，当然从生理角度讲，内啡肽是充满正能量的神经激素，可以让人保持年轻快乐的状态，我也认可这个说法；但可能还因为跑步带来的持之以恒的坚持，面对痛苦的坦然心态，挑战极限后对自信心的升华，顺从自然克服欲望的平和。乔治·希恩在跑步的同时读了许多哲学的书，威廉·詹姆斯是他喜欢的哲学家，詹姆斯说："决定一个人的成败，不是他的聪明才智、力气或财富，那些是与生俱来的。真正需要面对的问题是，我们愿意付出多少努力？幸福存在于奋斗不懈，并且在忠诚、勇气与毅力这些非惯常的观念中，找到生命的意义。"乔治·希恩跑的马拉松比我多，跑的速度比我快，他一直跑到70多岁，即使在得了癌症的时候还在跑。截至今天我只跑了20多个马拉松，其中全马3个，但我在这里不是与乔治比谁的跑步能力更强，而是对于每一位跑过42.195千米的人都会知道马拉松除了苦和累，更重要的是这样一种感受：跑步将我带离这个日常的世界，带离我在其中扮演的角色；它给我做任何事和不做任何事的自由；它给我转念或放空的自由；没有责难，也没有赞美。

随着年龄的增长，不少朋友劝我在跑步这件事上要做到适可而止。每次跑完马拉松我也都会想终有不能跑的一天，我是医生，我必须倾听身体的声音，知道它们的强项和弱点。我也承认，事情总是有个极限，超出极限是力所不能及的。但人的身体除了受结构影响外，人的潜能还受精神、思想和心灵的召唤。《越跑，心越强大》这本书给了我很大的启发，乔治·希恩说："心是我们的能量、勇气、直觉与爱的尺度，它也是衡量我们的日子、我们的所作所为以及我们究竟是谁的一把尺子。"难道不是吗？46岁之前，跑42.195千米对我来说是一个可望而不可即的事，按照人的正常生理功能来判断13年后的今天不会比13年前的我更优秀，但跑步让我挑战了身体的极限，是身体的胜利，还是心的左右？我想两者的因素都有，但后者是决定因素。人生是一道永远无法解答的难题。"心存在的目的是什么？不就是不稳定，祈求看似不可能的事，而且从不满足？所以，人的心永远不会停下来，直到它最终找到休息之处。"

作为外行人谈谈跑马拉松

2019年6月17日

今天一位记者向我提了几个问题，都是关于马拉松的。

1. 跑马拉松需要具备哪些身体条件？

2. 跑马拉松平地跑和山地跑需要注意哪些问题？

3. 没跑过马拉松的人要经历5千米、10千米、半马、全马的过程，应该怎样进行训练？

4. 马拉松对身体有什么好处？能预防和降低哪些疾病的风险？

5. 普通人可参加哪些专业机构组织的马拉松比赛？

6. 跑马拉松在什么情况下会损害身体健康？发生猝死有什么前兆？发生猝死的原因是什么？

7. 你认为重要的其他问题还有哪些？

我将了一下这7个问题，一看就是专业记者的提问方式，每个问题都直达要害，没有半句多余的废话。虽然记者是专业的，可回答问题的我离专业还差着十万八千里呢。

我喜欢专业的人做专业的事，因为受过专门的培训，有章有据有规范，所以做出的事八九不离十，即使错了，也不会是低级错误。但要是非专业的人干了专业的事，做对了有可能是歪打正着，做不对却是在情理之中。跑马拉松绝对是件专业的事，它是一个奥运会的径赛项目。当然围绕着跑马拉松引发的任何话题，也都不是随便说说就可以了。

但今天既然提出了这些问题，也是我感兴趣的话题，所以就以一个外行人的视角谈谈我个人的观点。有一点需要说明，所谈的内容理论依据不足，实践经验只是本人一个人的尝试。

1. 跑马拉松需要具备哪些身体条件？

在我看来，不管是跑半马的21.0975千米，还是全马的42.195千米，都是一项重体力活。跑和走不一样，即使是慢跑也是高强度的运动，何况是马拉松这样长距离的跑。我参加跑马拉松4年了，先后跑了30多次。虽然都安全完赛，但切不可忽视的是，好的身体条件是保证安全完赛的前提。注意：第一，跑马拉松前要在医疗机构对身体做一个检查，有器质性疾病的人不适合跑马拉松；第二，肢体关节有疾病的人不建议跑马拉松；第三，没有经过系统、规律、较长时间慢跑锻炼的人选择跑马拉松要谨慎；第四，跑半马之前，没有跑过10千米者，或跑全马前，没有参与过半马者，都不具备跑马拉松的资格；第五，即使身体没有问题，也经过了慢跑的系统训练，但在跑马拉松前夕出现了感冒、缺乏睡眠等问题，这样的身体状况也不适合跑马拉松，建议放弃。总之，跑马拉松对于大众不是一件不可逾越的难关，可还是要有持之以恒锻炼的身体作为保障。

2. 跑马拉松（平地跑和山地跑）需要注意哪些问题？

这个问题回答起来太复杂，它要考虑方方面面的事情，许多书刊也有相关的答案，现在我只是把自己跑马拉松要注意的事项谈一谈。第一，要选择合适的跑鞋，不要穿新鞋；第二，跑前合理补充能量和水分；第三，放松心态，不要设定太高的目标；

第四,户外温度不要高,最好在25° C以下;第五,跑之前要充分地进行拉伸和慢跑;第六,起始跑的配速要慢一些,按照自己的节奏跑,不要被其他人打乱;第七,根据自己的喜好、身体状况、天气情况补充水分、能量和盐分;第八,跑的过程中,如果出现身体的不适,要倾听身体的声音,不要强行坚持。我没有跑过山地马拉松,谈不出什么体会,但难度要大于平地马拉松,包括体力、耐力、协调性等。

3.没跑过马拉松的人要经历5千米、10千米、半马、全马的过程,应该怎样进行训练?

我是跑了8年的5千米,才开始跑10千米,跑了1年的10千米开始跑半马,大约跑半马1年后开始跑全马。因为之前没有跑马拉松的想法,所以一直坚持5千米跑,当然这段时间跑的有些长。但就我的体会,循序渐进地跑,身体的适应性好,受伤的机会少。跑一次马拉松对身体肯定是有伤害的,只有通过合理的休息才能让损伤的组织得到彻底的修复,所以运动量过大,对提高成绩有好处,但也会因为身体组织不能很好恢复而使受伤的机会增加。如果跑马拉松的目的不总是为了追求刺激和纪录,更多是享受无伤跑的快乐,我的建议先从5千米跑开始,每周3~4次,配速因人而异,跑上一年半载,再开始10千米跑。一旦跑上10千米,以后每次跑都不要低于10千米。一般来讲10千米对大多数人恢复起来比较容易,每周3~4次的10千米跑成为习惯,就有跑半马的基础了。半马和全马之间,更多时候比拼的是意志力,前期的身体素质已经在5千米、10千米跑的时候建立了起来。

4. 马拉松对身体有什么好处? 能预防和降低哪些疾病的风险?

如果单说马拉松对身体的好处,不好一概而论。但要想跑马拉松,就需要持之以恒地坚持跑步锻炼,而这期间对身体的好处就会凸显出来:可以改善心肺功能;提高机体的免疫力;刺激骨量的增加,减缓骨质疏松;增加身体的灵活性、反应性和协调能力。长期规律的跑步，还可以降低甘油三酯，控制血糖和尿酸，在一定程度上使高血压、冠心病、高脂血症的患病风险大大降低。由于机体的免疫力改善，也使得身体抗疾病的能力增强。坚持长距离的慢跑，与静止不动相比，无疑对身体是有百利而无一害。我参与跑步10余年，跑了半马、全马30多次，不仅大部分化验指标基本正常，而且精力充沛，很少感冒，除了工作，没有因为疾病光顾过医院。

5. 普通人可参加哪些专业机构组织的马拉松比赛？

记得我在2006年刚开始跑步的时候，还没有那么多人把跑步作为锻炼身体普遍采用的手段，更没有那么多人跑马拉松。近年来全国性的马拉松运动如雨后春笋般地增长，参与马拉松的人日渐增多，全国一年有上千场次的马拉松比赛。当然公众对健康重视了，全民健身运动就会风生水起。跑步对任何人都不遥远，特别是慢跑，对于各个年龄组人群都适用。但毕竟马拉松是一项超长的慢跑项目，如果没有一定的锻炼基础，也就是至少一年半的有规律训练，也容易出现健康问题。所以，为了不盲从跟风，真正达到通过参加马拉松运动取得强身健体的目标，每一位跑者还应该理智看待马拉松比赛。倾听自己身体的声音，不失是一个明智的选择。我在参加马拉松比赛之前，有了近10年的慢跑基础，而且每周跑步从不少于3次。虽然开始的跑量不够，但慢慢把跑量增加到了每月150到200千米。我没有参加任何跑步机构，只是通过一些跑步书籍和有经验跑者的介绍，加上倾听自己身体的感受，进入了马拉松跑者的行列中来。随着马拉松运动的普及，社会上有了各种跑团，有的是以行业命名，有的是自由组合。总之，各种跑团的模式基本一致，大家一起训练，共同切磋，取长补短，对科学地参加马拉松比赛非常有帮助。个人可以根据自己的行业，参加行业内的跑团，如医务界就可以参加医师跑团。至于参加哪些比赛比较好，我的观点，一是选择交通方便的地方，二是选择中国田径协会命名的赛事。马拉松比赛和一般的体育比赛不一样，它需要考虑跑者的食宿、交通、马拉松的道路、补给、医疗救助能力等。成熟的马拉松赛事，如北马、上马、广马等，上面谈到的这些问题都会顾及，当然它们的保障就非常到位。

6. 跑马拉松在什么情况下会损害身体健康? 发生猝死有什么前兆? 发生猝死的原因是什么?

实际上跑马拉松本身就会对身体造成一定损害，只是这种损害经过休息，身体可以自己修复。马拉松是一项超长距离的赛事，即使跑者平素有了规律训练的基础，但在比赛时也难免会出现身体不适的情况。特别是：跑马拉松之前没有充分休息，睡眠不够；有感冒、胃肠炎这些平常不在意的小毛病；饮酒过量；在即将比赛时，拉伸活动不到位；遇到高温天气，降温措施不给力等。一般来讲，跑马拉松的人都是经过了长期规律的训练，身体有了很好的耐受能力，所以不会轻易出现猝死。由于马拉松的跑量是逐渐增加的，跑者出现身体极端状况之前，都会有感觉。这种感觉就是与平常训练不一样的气促、呼吸困难、无法继续坚持跑下去的各种难受。每一位马拉松跑者一定要学会倾听自己身体的感觉，如超出了以往的不适，经过放慢节奏或者休息不能缓解，一定就不要勉强了。按照我跑马拉松的经验，我推断马拉松发生猝死的原因，多数是与中暑有关，特别是温度超过25℃的天气或者是气压低、没有风的时候。中暑这个病也是有一个渐进的过程，轻度中暑及时饮水降温，会得到控制，只是马拉松跑者的耐受能力强，忽视了轻度中暑，最后到了神志不清，跌倒在地，出现了热射病，进而累及心脏，导致猝死。

7. 你认为重要的其他问题?

尽管回答了6个问题，也只是回答，并不是标准的、科学性的答案，因为我也不知道科学性的答案在哪里。马拉松是一项极限运动，虽然现在多数人经过一年半以上的训练，在不追求配速的情况下，都可以在6小时之内跑完全程，但也实属不易。我觉得马拉松可能是参与跑步者的终极目标，每位跑者心中都有跑一场马拉松的冲动，可我更觉得要把跑步锻炼作为提高身体健康能力的一种方法。对于大众来讲，跑步就是健身，身体强健跑步的目的也就达到了。我跑了10年，在没有参与马拉松之前，同样体验了跑步的快乐，也享受了每天与大自然亲密接触的美好。

虽说跑马拉松是每一位跑者成功的标志，但不跑马拉松，如果仍能坚持、不放弃，与跑道为伍，也同样可以领悟到一位成功跑者所追求的一切。

我的"10+3"年的跑步经历

2019年7月12日

　　这篇文章是我最先在2016年——我开始跑步的第10年——有感而写，作为10年跑步生涯的一个总结。今年，也就是2019年，我把以前的文章都翻出来，重新整理，修改，打算结集出版。我做了一个时间轴，将这些年跑步的经历，串在了一起。希望在自己老得跑不动的时候，拿出来看看。是回忆，也是见证。于是我又在后面加上了后面3年的经历，形成了"10+3"这个标题。

引子

　　2016年12月31日，岁末，雾霾。

　　晚上8点到了体育场。做完器械锻炼后，看看手机的天气预报，PM2.5还是在400以上。本不打算跑了，但内心深处老有一个声音劝阻自己——"不要离开，2016年最后一天应该有一个圆满的结局。"恭敬不如从命，雾霾虽然损害身体，但跑一次不会有多了不起的伤害。按照去年的老规矩，我以10千米跑送走了2016年。

　　截止到目前，我在跑步的人生路上已经"熬过"了10年。

　　10年，对于宇宙的时间长河来说，只是短暂的一个瞬间。但对于人的一生来讲，却是漫长的一段岁月。

起步——4千米

我永远不会忘记10年前运动会上的那个上气不接下气，使出浑身吃奶的力气才跑到100米终点的自己。10年前的那场运动会是我人生中最重要的分界点：在那以前，是缺乏运动的前半生；在那以后，是与跑步结缘的后半生。

前半生的时光，悠哉乐哉。从学校毕业后20多年，我很少光顾体育场。每天四平八稳踱着步子出门诊、看病人。回家后，坐在舒适的沙发上读书、吃饭、看电视。为数不多的让腿跑起来的机会，就是追赶进站的公交车。30多岁开始，人胖了、血稠了、肝的脂肪也超标了。还好，亚健康的身体没让我马上发生心血管急性事件。

后半生的时光，与苦相伴，苦中有乐。

2006年医院那场运动会一结束，我正式开始了跑步生涯。

我从400米开始跑起，那时跑步的运动装束也不多，穿的跑步鞋子也不讲究，各种与跑步相关的手机软件也没有，简直就是一个原始人的跑步作风。虽然说是原始人，但却没有原始人的跑步风格。经常是跑上200米，就感觉累得不行，只能停下来走一走，然后接着再跑。反反复复，跑跑停停，唯一给自己定的底线是不能半途而废退出跑道。

不知经过了多少天、也不知熬过了多少月，沉睡多年的跑步基因在固执和坚持中慢慢被唤醒。经历过了气促、心跳、双腿灌铅的躯体痛苦，熬过了挣扎和放弃之间的心理徘徊，终于有一天，我能围着400米的操场不停歇地跑上10圈了，也就是说我一口气可以跑完4千米了。

有了一定的跑步基础后，我的心肺储备功能有了很大的提高，身体的体能也可以保证完成每一次的4千米跑。

就这样，我坚持了8年。跑步成为我生活中不可或缺的一项内容。

看着朝阳冉冉升起，目送着夕阳缓缓落下；数着雨后彩虹的颜色是否包括了赤橙黄绿青蓝紫；凝视着繁星似锦的夜空，看流星时隐时显地划过，这些都是我跑步时才看到的。

我在雨中跑，让身体享受着汗水与雨水交织在一起的洗刷；我在雪中跑，品味着雪花融在嘴里的甘甜；我在风中跑，看风儿如何在原地打着圈，卷起尘土迷住我的眼。在没有跑步之前，我不知道大自然是这么美；在没有跑步之前，我不知道自己可以这样棒。

进阶——5千米，10千米，15千米，22千米

这两年参与跑步的人越来越多，跑步比赛俨然成为一项时髦的体育活动。各种迷你马拉松、半马、全马在全国各地应运而生，参赛人员少则数千，多则上万，男女老少共同上阵，一夜之间谁都可以在42.195千米这个距离上一展身手，小试牛刀。以前还可以在外人面前炫耀的4千米，现在让我变得说不出口了。为了配合这场大规模的长跑运动，各式各样的跑步鞋、运动衣被热卖，随之为跑步专门设计的各种跑步软件也被跑步爱好者收藏和采用。

身处跑步运动之中的我，不可能不受到这种全民跑马拉松热潮的影响。首先在运动装备上给自己进行了更新，选择专业跑鞋作为我的跑步鞋，同时根据不同的跑步场地选择鞋的种类，根据不同的配速选择鞋的型号。紧接着更换了手机，选择了"乐跑步"这款跑步软件为我计时，指导配速。这些装备帮助我跑得更科学，跑得更健康，跑得更有底气。

跑步是一个很痛苦的过程，跑步需要体能的积累，跑步需要持之以恒的坚持。在我眼里，挑战马拉松的人是具备了颠覆自己勇气的人，通俗一点讲就是自找苦吃的

人。虽然他们不是完人，但一定是超常的人，是勇敢的人。世上的人都为快乐而活着，也有人愿意去用痛苦来换取快乐，因为痛苦和快乐相伴而行，越痛就越快乐。所以追求马拉松的人得到的快乐可能是常人无法体会的。

生活中我愿意做一个付诸行动的人，而不愿意纸上谈兵。工作中我愿意把自己诊病治病的经验和体会与同仁分享，而不仅仅是背书本、讲指南。一个都不注意自己身体健康的医生，还要跟病人谈如何获得健康，显然是不够资格的。做任何一件事都不要被人说成是车把式，光说不练。

毛主席说：要想知道梨子的滋味，就要自己亲自尝一尝。为了真实体验半马、全马的"好与坏"，我开始尝试5千米跑。之前在完成每个4千米冲刺的那一刹那，我都是用尽了全身最后一点力气，很难想象在4千米之后我能否再坚持一个1千米。

好在有快9年的跑步基础，多加1千米，也不至于掉链子。

跑第一个5千米那天，我还是做了一些准备。首先把每一圈的配速降了下来，这就使体能得到了保证，同时反复暗示自己：今天的目标是5千米。有了体能和心理准备，那天4千米跑完，竟然没有往日筋疲力尽的感觉，直觉告诉我——我还能跑。

第一个5千米就这样轻松拿下，用时26分钟。

从那以后，4千米就成了过去时。

从2015年9月4日开始，我每天的跑步距离是5千米。据说迷你马拉松最短距离就是5千米，此时我已有资格参与这项赛事了。但人有时会得寸进尺，我在跑步这件事上正应了这句话。5千米才跑了1个多月，2015年10月17日，这天我突发奇想，要征服10千米跑，也就是围着400米的操场跑上25圈。跑过全马的人说，只有具备了跑10千米的基础，今后才有可能完成半马和全马的挑战。

10千米应该是长距离跑的一个门槛，既然想要试一下半马或全马的感觉，这个10

千米门槛就一定要过。《跑步圣经》有一段话："这种锻炼将使我们最大程度地释放潜能，并发现体内蕴藏的坚韧、英勇以及忍受痛苦和艰辛的能力，尽管其程度大大超出了我们的预料。只要有决心，你就能寻获真实的自我，并跨越一直以来遥不可及的巅峰。"

跑第一个10千米，我还是采取的老办法，降低配速，心里暗暗想着要完成10千米跑，而不是往日的5千米。

记得跑步那天起始速度不是很快，跑过了5圈后我就对当天拿下10千米有了较大的信心，因为这时感觉没有太多的体力消耗。我让自己尽量跑在一个恒定的速度，不被外来的跑者干扰。跑完5千米时用了30分钟。

夜色渐浓，跑道上的人也越来越少，突然我感觉到一种孤独，但奇怪的是，这种孤独里没有悲伤，没有沮丧，也没有无助。我的心里反而很安宁，还夹杂着一丝丝喜悦。难道跑步的孤独与生活中的孤独不一样吗？这是否就是马拉松跑者所追求的精神境界？

跑步可以还原人的本真，跑步可以让人身体中最有益健康的激素释放出来，跑步可以使身体中的污垢被呼吸、被汗水洗刷干净。

第58分钟，我完成了第一个10千米跑。

过了10千米这个坎，我的自信心陡然上升，以前还怕第一个10千米跑是一件偶然的事情，也就是北京人经常说的是瞎蒙出来的。后来证明自从有了第一个10千米，脑子里的跑步调定点已被10千米牢牢记住。

短短两个多月我把跑步的距离提高了1倍多。我体会之所以能这样奋不顾身地跑，更多的是因为来自心灵的感召、那种在长距离的奔跑中头脑的肆意遐想和身体在汗水中得到的净化。

人的潜能真的是无止境，挑战5千米也好，挑战10千米也罢，虽然有痛苦，但每次都以快乐作为结束。

渐渐地，我喜欢上了这种挑战。时隔不到半年，2016年4月8日，在保证50分钟跑完10千米的同时，又坚持跑完了15千米。

离半马越来越近了。我已经等不及了。

在跑完15千米后的第8天，我就尝试着要跑半马了。

2小时2分49秒，我跑完了22千米。

可以说，我的第一个半马是一时兴起，没做任何准备。

但也可以说，我为这个半马准备了10年。没有这10年磨一剑的体能储备，我是不能一口气跑下22千米的。

宝剑锋从磨砺出，梅花香自苦寒来。世间的机会，都是留给有所准备的人。所谓厚积薄发，大概也是这个意思吧。

有了第一个半马，就不再愁第二、第三个了。之后我的跑步距离就介于10千米与22千米之间，有时以5分多的配速完成全程，有时以超过6分的配速结束跑步。成绩不是我关注的，完成每天的跑步任务才是目标。

我的锻炼完全没有套路。既没看过书，也没有听过课，更没有请过专业人士的指导。我耐心听从内心的召唤，听从身体的建议。它说好的事我要遵从，它说不好的事我要避免。

平素我也坚持力量锻炼，并不是想让自己成为肌肉男，但做力量锻炼可以加强四肢肌肉的力量，达到保护关节、增加柔韧性和协调性的作用，从而减少跑步的伤痛。半马的运动量不能说小，每次跑完半马疲劳感都很明显，有时第二天还缓不过劲来。所以，我既要享受跑步带来的快乐，又要避免跑步给身体带来伤痛。10年来，我没有因为跑步而受到大的伤害，只有过些轻微的皮肉伤。

我给自己总结的半马经验是：看着天气跑，看着心情跑，看着体能状况跑，看着半程的感觉跑；不赌气、不较劲、不蛮干；记录是给别人炫耀的，两条腿是自己的。对我来讲跑步不是一朝一夕，懂得享受也要懂得保护，留着青山在不怕没柴烧。

挑战——参加半马比赛

一名战士的实力如何，平时的训练只能说明一部分，只有到了真刀实枪的战场上，才能见分晓。虽然我跑步的目的并不为了在赛场上一比高低，但也很想在正式场合检验一下我自编自教的训练方法是否得当。

近两年众多的半马、全马比赛让人应接不暇，我不想成为一个跟风者，所以一直在等待适合我的一场半马或全马的比赛。

这一等不要紧，马拉松热度持续升温，不管是我看得上还是看不上的半马和全马比赛，要想报上名真不是一件容易的事了。

2016年10月30日的鸟巢半马，不论从时间、地点，还是气候来看，都是值得参与的一场比赛，但不幸的是，我没中签。没想到的是，幸运之神又眷顾了我。临近比赛的最后几天，一位同是跑者的朋友说他有一个鸟巢半马的名额，因为脚上有伤，这次不能跑了，他要把这个名额让给我。虽然没有范进中举的感觉，但也尝到了天上掉馅饼的滋味。

10月30日，天气不错，最高气温14℃，最低气温零下2℃，多云，风力不大。早上5点起床，在家做了些准备活动，6点20分到了鸟巢。我第一次见识了“全民跑马”的盛况，一队队精神抖擞、穿着各式各样品牌运动装的男男女女从四面八方涌向鸟巢。他们是那样年轻，那样兴高采烈，好像即将开始的不是一场半马比赛，而是一场嘉年华盛会。

虽然之前在体育场跑过多次半马，但第一次在正式场合跑，心里还是有点忐忑。受现场气氛的影响，紧张的情绪放松了许多。我顺着人流通过安检到了存衣处，存衣处人很多，但赛事服务保障井井有条。

7点30分发令枪响，我是在E组最后出发。因为参赛人多，最开始的1千米是在走与跑的交替中完成的，花了7分多钟。慢慢随着距离拉长，就可以跑开一些了，但始终跟着人流跑。当然对于半马和全马这样的距离，业余者最好开始的速度不要太快，否则之后就没体力了。

赛道周围实行了交通管制。在马路上跑步和在校园的操场上跑还真不一样，前者宽敞、景色多变、少有重复。所以感觉没怎么费力，配速都在5分30秒内。跑完10千米，按以往跑半马的经验，就知道今天有希望拿下了。我开始慢慢追赶前面的跑者。

路边有许多补给站，但我一次没有停过。我的腿脚也还争气，没有出现什么异样的不适。

15千米后有了疲劳感，但呼吸匀速，心跳平稳，内啡肽也使脑子充满愉快的遐想，步伐的节奏又快了起来。

跑到18千米左右的时候，已经能看到鸟巢了。虽然这时跑步节奏慢了下来，但已看到胜利的曙光。

进入鸟巢后距离终点还有100米，我加快了跑的步伐。

在北京住了这么久，我从来没有进过鸟巢。这是我第一次，以运动员的身份跑进了鸟巢。当我的双脚踏上这个曾经举办过奥运盛会，被世界众多体育明星留下足迹的体育场赛道时，我深深地为自己感到骄傲。

1小时57分，我完成了第一个正式半马比赛，达到了我2小时跑完全程的预定目标，领到了平生第一块半马参赛奖牌。

鸟巢半马是对我10年来跑步历程的一个小结。10年前的100米，10年后的21千米，这两者相差的距离，虽然不能用天壤之别来形容，但也够得上相差悬殊这个级别了。

我没有跑步的天赋，更没有跑马拉松的本事。

自从小时候知道了古希腊马拉松的故事，42.195千米就成了一直我崇敬的数字。它是古代武士的化身，它意味着强健的体魄，代表着一种勇气，更象征着一种坚持和忘我的拼搏精神。

学生时代活跃在运动场的时候，年富力强体力充沛战斗在医疗一线的时候，我也从没想过要挑战马拉松，因为这个距离对我来说太遥远。

当2016年10月30日在我跑进鸟巢那一刻，我的想法全变了。人无法了解自身的潜能，只能知道自己的勇气。人只要改变自己的想法，就可以改变一切。人最优秀的品质是坚持，最不可取的做法是轻易放弃。

人的欲望是无止境的，量力而行是正道。人的所作所为，没有不公平只有不努力。痛苦带来的不是更痛苦，痛苦之后是愉悦、是成功。有心的人永远活在爬山的路上，无心的人永远徘徊在山谷。

跑步不只是强身，更是对思想的开悟，对精神的升华。

我现在越来越离不开跑步，除了在北京跑之外，每次到外地或国外开会我都会随身带着跑步行装，利用空闲时间跑着了解当地的风土人情、欣赏自然景观。

不同的地区，不同的国度有着不同的秀美风光，不同的气候变化，不同的历史底蕴。乡村有乡村的朴实，大城市有大城市的繁华，古城有古城的气韵。跑步的路上见到形形色色的人，有辛勤劳作的农民，有走街串巷的小贩，有悠闲漫步的游人，有急匆匆赶路的上班族。

跑步让我自由自在地去任何感兴趣的地方，不为人熟知的庙宇，半山腰上的古树，车开不进去的羊肠小道。我们被每条不同的路带往不同的地方，但引领我们去发现每条路上美好风景、幸福时刻的，却是我们自己的脚步。

46岁开始我的跑步生涯，10年的坚持成就了现在的我，随着年龄的增长，各项生理指标都会有衰退的可能，但我并没有打算停下来跑步的意思，相反从新的一年开始的几次跑步来看，有越跑距离越长，越跑配速越快的迹象。

年龄不是跑步的绊脚石，跑步是我的人生财富，我怎么会轻易将财富抛弃掉呢。《跑步圣经》的作者乔治·希恩说："选择跑步，我并不是在和年龄做斗争，我无需这样做，因为跑步是我青春的源泉，是我生命的灵丹妙药，它能使我永远年轻。"

跑步时，我感到自己不会老，因为我知道跑步能够征服无情的时间。如果你不想被日益增长的年龄牵着鼻子走，那么你就必须从身体、思想、情感以及所从事的运动中寻找改变这一切的启示。如果你做到了，那么你就能够从任何行动的任何时刻发现乐趣。

跑步使我认识到，无论处在什么样的年龄阶段，都有着乐趣和创造力。随着时间的推移，我们的体力与精力都会有所下降。年龄并不是最重要的，真正重要的是，在所处的年龄段中，你是不是取得了这个阶段应该有的自我意识与成就。

超越极限——全马

2017年9月17日完成了我人生第一个全马跑，本来走和跑是人生的最基本生存能力，不需要炫耀。但如今随着科技的发展，生活节奏的加快，生活水准的提高，人们渐渐忽视了走和跑的功能，取而代之的是五花八门的交通工具。生活舒适了，可"富贵病"却多了起来。人们不得不重新反思自身的生活方式,跑步这一原始的生存本能又被提到议事日程上来。记得去年北马是9月16日举办的,当时我虽然早已开启了跑步的模式,但跑全马对我还是一件可望而不可及的事情。去年北马举行的那天上午我在体育场跑了11千米,就已经气喘吁吁了。1年过去了,先是经历了6次半马的比赛,对马拉松跑步的流程、跑步的环境、跑步的技巧,最重要的是跑步的自信都有了不同程度的提高。当这次再看到2017年北马将在9月17日举办的消息后,心里有了跃跃欲试的想法。

从报名到准备直至参赛时间很短,好在11年的跑步积累,使我心里还略感从容。但之前跑的最长距离也没有超过22千米,而且小时候听到的马拉松故事,使我有了先入为主的想法,认为马拉松是勇敢者的游戏,42.195千米是我此生难以逾越的鸿沟。中国有句老话叫:赶鸭子上架。中国还有句立志的话叫:世上无难事,只要肯登攀。既然事已至此,抓紧时间,精心准备,调整心态,科学训练。

跑全马要具备一定的跑量,赛前我的月跑量超过了200千米,赛前要有至少一次超过30千米以上的单次跑,比赛1周前我在杭州最美跑道完成了一次30千米跑。跑前1周基本停止了长距离跑,注意饮食、睡眠,适当做一些力量锻炼。

虽然跑全马对我来讲既不争名,也不排次,但心理还是有些忐忑。是否能安全跑完全程? 是否能拿到参赛的奖牌? 是否能跑进5小时的成绩? 争强好胜的心态,活到了60岁也很难把它打磨掉。这些都是我忐忑的原因。除此之外,参赛当天的天气条件对于我这样的菜鸟也是不可大意的。气温高、湿度大对我来说就有可能"壮志未酬身先死",反之,将助力我顺利完成全马。

有时候人要是心诚,就会有天随人意的机会。9月17日天气晴好,万里无云,空气清新,气温23℃左右,有人形容这天气是"北马蓝"。3万北马跑者在早上7点30分之前，从国内外汇聚到了天安门广场。人挨人，人碰人，但没有口角，大家一笑了之。此时的广场成了健康、青春、友爱、尊重、互相帮助的代名词。我被分在F组，属于第一次参赛或全马成绩超过6小时的小组。为了不影响成绩好的选手比赛，所以F组的选手最后出发。

7点30分比赛开始，A组选手先出发，等到F组选手走上起点的时候，时间已经过去了10多分钟。刚开始人流密集，很难随心所欲放开步子跑。当然这也是我求之不得的，否则到了后半程就不能坚持跑下来了。环视着长安街的美景，呼吸着清爽的空气，陪伴着俊男靓女，开始了我人生第一个全马。

北京的马路异常平整，北马选择的赛道也很少有坡度，所以对跑者来讲舒服又节省体力。我在前半程体力比较充足，还有精力打量一下周边的跑者。有穿戴着民族服饰的少女，有推着婴儿车参赛的父亲，有视障的跑者在引导员帮助下一路前行，也有打扮亮眼的美女，当然也还有一些为了吸引眼球而穿的奇装异服的跑者。但更多跑者穿的是整齐划一的运动装，专业的跑鞋，戴着耳机。全马即是一场全民健身的汇报，又给了不同跑者个性展示的机会。随着时间的推移，跑程的延长，太阳也静悄悄地爬到了头顶。半程过后，虽然人流还是那样密集，但面孔换得更加频繁了。不时有人超过去，也不时有人掉队。饮水点也开始忙碌起来，因为这时水的供给是使跑者继续坚持下去的"救命稻草"。我在半程以后，体力也开始下降，每个饮水点都要停下来饮水，走几步放松一下，有时还要把水浇在身上，让身体凉快一下。实际从半程过后，每跑1000米我都在突破自己的极限，都在刷新自己跑步的记录，疲劳、兴奋、得意感交织在一起，促使我慢慢接近全马的目标。香蕉一直以来不是我喜欢吃的水果，但听有经验的跑者说，它糖分高，可以迅速补充身体消耗的能量。这次一试，果真管用。

35千米被众多跑者称为"撞墙期"，就是跑到这个距离，人的心肺功能储备已经被消耗差不多了，身体也疲劳到极点，很多人就此放弃了继续坚持。我当然也不能忽视被那么多人称之为"撞墙期"的35千米。还好当我看到35千米牌子的时候，心肺功能没有太多的异样感觉，配速和30千米时基本一样，只是大腿带小腿的能力差了许多。但如果吃根香蕉，把水浇在身上散散热，还是能坚持跑到下一个饮水点。

过了35千米，剩下的7千米就是胜利在望了。这时脑子就开始胡思乱想了，毕竟是第一次跑全马，毕竟是之前不曾达到的目标，毕竟又一次挑战了自己的极限。终点的拱门看到了，周边一个小伙子发力了，又一个美女超过去了。不能就这样认输了，自己心里给自己加油。没想到这时候心肺两个脏器还真给力，既不心慌，也不气促，还是那双不争气的腿由于平时训练的不够，提不起速度，但最终还是跑过终点的那一刻超过了前面的一位美女。

之前一直想象跑完全马我会如何激动，但在冲过终点后一下子没有了感觉。有的只是平静、解脱、内心小小的喜悦、一会要去看一下老母亲。好像刚才完成的不是一件令我梦寐以求的事情，不是在50年前就认定的一件勇敢者的游戏。看看周边顺利完赛的跑者，有男有女，有年轻有年长，我不就是他们当中普通的一员吗？今天我见到的大多数人，不是都征服了这貌似看起来不容易做的事情吗？所以世上很难有什么值得炫耀的成绩，有的只是让人永不放弃的过程。

人在跑步中获得快感，人在攀登中享受愉悦。全马的体验是参与，全马的诱惑是坚持，全马的成功是打造一个全新不服输的自己。努力吧，为了下一个目标。

附：

13年跑步生涯大事年表

2006年	开始跑步，每天4千米
2014年末	第一个10千米，用时58分钟
2016年4月8日	第一个15千米
2016年4月17日	第一个22千米，用时2小时2分49秒
2016年10月30日	第一次参加半马比赛，在鸟巢开跑，用时1小时57分
2017年2月25日	第二次参加半马比赛，在奥林匹克公园创造了PB，用时1小时50分4秒，冲击1小时50分业余一级运动员目标失败
2017年3月25日	第三次参加半马比赛，在朝阳公园开跑，成绩为1小时50分37秒
2017年4月16日	第四次半马比赛，从天安门出发
2017年4月29日	第五次半马比赛，在大兴开跑，天气炎热，第一次跑走结合
2017年6月11日	第六次半马比赛，通州半马
2017年9月17日	参加第一次全马比赛，北京马拉松，成绩为5小时4分35秒
2018年3月18日	参加成都双遗半马比赛
2018年3月25日	参加肇庆半马比赛
2018年4月15日	连续两届参加北京半马比赛
2018年6月10日	参加兰州国际半马比赛，有些高海拔
2018年8月26日	参加哈尔滨国际半马比赛
2018年9月16日	人生第二个全马，北京马拉松比赛，成绩跑进了5小时，用时4小时29分48秒
2019年3月24日	人生第三个全马，也是在北京之外的第一个全马，无锡国际马拉松比赛，成绩跑进了5小时，用时4小时33分9秒
2019年4月14日	人生第一个与生日重在一起的马拉松，也是第三次参加北京半马比赛